La mort mène le bal

Édition : Liette Mercier
Infographie : Chantal Landry
Révision : Lise Duquette
Correction : Odile Dallaserra

Catalogage avant publication de Bibliothèque et Archives
nationales du Québec et Bibliothèque et Archives Canada

Brouillet, Chrystine

La mort mène le bal

ISBN 978-2-7619-4283-6

I. Titre.

PS8553.R684M67 2015   C843'.54   C2015-940045-7
PS9553.R684M67 2015

Gouvernement du Québec – Programme de crédit
d'impôt pour l'édition de livres – Gestion SODEC –
www.sodec.gouv.qc.ca

L'Éditeur bénéficie du soutien de la Société de déve-
loppement des entreprises culturelles du Québec pour
son programme d'édition.

Conseil des Arts   Canada Council
du Canada   for the Arts

Nous remercions le Conseil des Arts du Canada de
l'aide accordée à notre programme de publication.

Nous reconnaissons l'aide financière du gouvernement
du Canada par l'entremise du Fonds du livre du
Canada pour nos activités d'édition.

02-15

Dépôt légal : 2015
Bibliothèque et Archives nationales
du Québec

ISBN 978-2-7619-4283-6

DISTRIBUTEURS EXCLUSIFS :
Pour le Canada et les États-Unis :
MESSAGERIES ADP inc.*
2315, rue de la Province
Longueuil, Québec J4G 1G4
Téléphone : 450-640-1237
Télécopieur : 450-674-6237
Internet : www.messageries-adp.com
* filiale du Groupe Sogides inc.,
  filiale de Quebécor Média inc.

Pour la France et les autres pays :
INTERFORUM editis
Immeuble Paryseine, 3, Allée de la Seine
94854 Ivry CEDEX
Téléphone : 33 (0) 1 49 59 11 56/91
Télécopieur : 33 (0) 1 49 59 11 33
Service commandes France Métropolitaine
Téléphone : 33 (0) 2 38 32 71 00
Télécopieur : 33 (0) 2 38 32 71 28
Internet : www.interforum.fr
Service commandes Export – DOM-TOM
Télécopieur : 33 (0) 2 38 32 78 86
Internet : www.interforum.fr
Courriel : cdes-export@interforum.fr

Pour la Suisse :
INTERFORUM editis SUISSE
Route André Piller 33A, 1762 Givisiez – Suisse
Téléphone : 41 (0) 26 460 80 60
Télécopieur : 41 (0) 26 460 80 68
Internet : www.interforumsuisse.ch
Courriel : office@interforumsuisse.ch
Distributeur : OLF S.A.
ZI. 3, Corminbœuf
Case postale 1061 – CH 1701 Fribourg – Suisse
Commandes :
Téléphone : 41 (0) 26 467 53 33
Télécopieur : 41 (0) 26 467 54 66
Internet : www.olf.ch
Courriel : information@olf.ch

Pour la Belgique et le Luxembourg :
INTERFORUM BENELUX S.A.
Fond Jean-Pâques, 6
B-1348 Louvain-La-Neuve
Téléphone : 32 (0) 10 42 03 20
Télécopieur : 32 (0) 10 41 20 24
Internet : www.interforum.be
Courriel : info@interforum.be

Chrystine Brouillet

La mort
mène le bal

roman

LES ÉDITIONS DE
L'HOMME
Une société de Québecor Média

À Renaud Turbis, avec mon affection.

Venise, 12 août 2007

Rafaele Secatto posa ses deux mains sur le cercueil et se pencha vers la dépouille de son père pour se souvenir de chaque détail du visage de Livio Secatto, son large front, son nez trop fort, cette bouche aux lèvres épaisses. Cette bouche qui avait tant aimé boire et manger. Cette bouche qui avait murmuré tant d'ordres. Cette bouche qui avait souri et critiqué. Livio n'avait pas besoin d'élever la voix pour se faire obéir. Il n'avait qu'à regarder intensément les employés de la poissonnerie, les marins, les livreurs pour qu'ils s'empressent de le satisfaire.

Le col de l'impeccable chemise blanche et la cravate d'un gris-vert qui rappelait la lagune dissimulaient les marques de l'étranglement dont avait été victime Livio Secatto. Avant d'être jeté au large de Murano. L'assassin avait sûrement espéré que le corps soit emporté vers la haute mer, mais un pêcheur trop matinal avait décidé de taquiner le poisson malgré le temps maussade et avait eu la désagréable surprise de voir apparaître une main au bout de son hameçon. Izmir Aktas n'avait pas réussi à hisser le corps à bord de sa chaloupe, mais avait pu le tirer jusqu'à la rive où il avait hélé les gens d'un vaporetto qui allait cueillir les employés des boutiques de Murano.

Les *carabinieri* avaient dit à Maria, l'épouse de Livio, à Rafaele et à sa cadette Sofia que leur enquête pourrait être longue : on n'avait retrouvé aucun témoin du meurtre et la dernière personne à avoir vu Livio l'avait quitté en sortant d'Ai Gondolieri, où ils soupaient ensemble chaque semaine. Ils s'étaient séparés derrière le musée Guggenheim. Le bras droit de Livio, Stefano Grassi, était monté à bord de sa gondole privée tandis que Secatto se dirigeait vers le quai des Zattere.

— On suppose que c'est quelqu'un qui savait que votre père fréquentait ce restaurant chaque semaine.

— Tout le monde le savait, avait répondu Rafaele, sur le ton de l'évidence.

Il dévisageait le policier, tentant d'évaluer ses capacités. Supposant qu'il ne leur disait pas tout. Peu importe. C'était à lui et à lui seul que revenait le devoir de trouver le meurtrier de son père.

Avait-il rêvé ou avait-il vraiment vu la silhouette du Boiteux, près du pont de l'Accademia, le soir où Livio Secatto avait été tué? Il revenait d'un concert donné à l'Ospedale della Pietà, empli d'une joie indicible après avoir écouté ce chœur de femmes aux voix enchanteresses, et avait boudé le bruyant vaporetto qui l'aurait rapidement ramené à la maison. Il préférait demeurer dans cet état de grâce en déambulant lentement vers son domicile. Il avait souri en passant devant l'Ai Gondolieri, songeant que son père y avait sûrement mangé quelques heures plus tôt. Il le taquinait souvent sur le choix de ce restaurant où on servait surtout des viandes. Comment l'homme qui vendait du poisson à tous les établissements de Venise avait-il pu adopter un endroit où le bœuf était à l'honneur? Livio souriait, rappelait que son père y allait avant lui.

— Vous êtes bien jeunes pour devenir orphelins, avait repris l'enquêteur, tirant Rafaele de ses pensées. Mon fils a le même âge que toi, vingt ans. Je suis désolé pour vous. Cela n'aurait pas dû arriver…

Rafaele l'avait dévisagé : vraiment ? Cet homme déplorait l'assassinat de son père ? Pouvait-il le croire alors qu'il savait qu'un pourcentage élevé de policiers touchaient des pots-de-vin pour fermer les yeux sur les agissements douteux d'Alberto Secatto, le frère cadet de Livio ? Agissements criminels que condamnait Livio, qui avait envoyé paître Alberto lorsque celui-ci lui avait proposé de s'associer avec lui pour gagner encore plus d'argent. Rafaele avait surpris une conversation entre ses parents.

— Tu te rends compte, Maria ? Alberto a eu le culot de me demander d'utiliser mes bateaux pour transporter ses saloperies ! Si ce n'était pas mon frère, si maman n'était pas toujours vivante, je le dénoncerais aux autorités. C'est ce que je lui ai dit !

— Ce serait une mauvaise idée, avait commenté doucement Maria. Tu te brouillerais avec toute ta famille. Et ça n'empêcherait pas Alberto de continuer à trafiquer… Tu n'aurais pas dû le menacer.

— Il a toujours été une tête brûlée, avait soupiré Livio.

— Et un prétentieux, avait ajouté Maria.

Et ils avaient éclaté d'un rire complice. Ce rire qui manquerait dorénavant à Rafaele.

Ce rire auquel il pensait, appuyé contre le bois de palissandre du cercueil. Il jura à son père qu'il pouvait compter sur lui, qu'il le vengerait. C'était lui, maintenant, l'homme de la maison. Et c'était lui qui s'interrogeait sur le Boiteux. Était-ce bien cet homme qu'il avait déjà croisé chez son oncle ? Devait-il en parler à Stefano ?

Stefano Grassi qui l'avait rejoint près du cercueil et qui jurait lui aussi, en posant une main sur l'épaule de Livio et une autre sur celle de Rafaele, qu'il trouverait son meurtrier.

* * *

Stefano Grassi dînait avec Maria, Rafaele et Sofia quand Alberto s'était présenté pour offrir de reprendre l'affaire de Livio. Il suggérait que Mauricio, leur plus jeune frère, remplace Livio à la direction. Maria s'y était opposée, mais Stefano l'avait prévenue : Alberto, même s'il avait émigré au Canada, tirait les ficelles en Italie et prenait les décisions pour Mauricio. Il reviendrait à la charge. Il voulait utiliser la flotte, les entrepôts, les usines de transformation de Livio.

Stefano ne l'avait pas dit textuellement, mais Rafaele l'avait deviné : il était persuadé qu'Alberto était responsable de la mort de son frère, qu'il avait toujours envié. Pourtant, il avait bien réussi en Amérique. Il était propriétaire de plusieurs immeubles, de deux magasins de rénovation dont on parlait dans les magazines, d'une blanchisserie, d'une entreprise d'import-export et d'une agence de voyages. Sa femme Emilia allait à New York écumer la 5e Avenue quand il lui en prenait l'envie. Maria et Sofia l'avaient visitée deux ans auparavant et elles étaient revenues du Québec avec des idées de rénovation qui avaient agacé Livio. Rafaele se souvenait de ses paroles : si Alberto et Emilia avaient envie de vivre dans une maison toute blanche avec des meubles en métal, c'était leur droit, mais Maria ne transformerait jamais la *casa* héritée de leurs parents. Les fauteuils de velours, les tapisseries, les tables de marbre et les lustres resteraient où ils étaient. À leur place.

Livio avait cependant consenti à ce que Sofia et Maria se rendent plus souvent à New York, puisque toutes ces simagrées autour de la mode leur semblaient si importantes. Mais chaque fois que Sofia racontait une anecdote vécue à Montréal, Rafaele lisait une expression de doute sur le visage de leur père. Il avait compris, en écoutant un soir Livio discuter avec Stefano, qu'il se demandait si c'était une bonne chose que son frère se soit exilé là-bas. Il ne savait pas exactement ce qu'il faisait. Que signifiait ce choix ? Livio avait appris qu'Alberto avait renforcé ses liens avec le fils du parrain de New York qui vivait à Brooklyn. Et ça ne lui disait rien de bon, même s'il y avait un océan entre lui et son frère.

— Je n'oublie pas qu'il me déteste, avait répété Livio à Stefano Grassi.

Cette phrase était restée gravée dans l'esprit de Rafaele, mais les mois avaient passé après l'enterrement de son père sans qu'il trouve le moindre indice reliant la mort de Livio à Alberto. Hormis le fait que le Boiteux semblait s'être volatilisé. Rafaele s'était mis à douter de son hypothèse. Et si Livio avait été tué par des voyous qui en voulaient à son portefeuille ? Les *calli* de Venise sont si obscures, c'est tellement facile de se débarrasser d'un cadavre dans la lagune…

Comment découvrir la vérité ?

Il n'y avait qu'une seule manière : pénétrer au cœur de l'organisation, se rapprocher de Mauricio, puis d'Alberto. Chercher et chercher encore. On reprochait souvent à Rafaele d'être perfectionniste. Et même maniaque. Livio avait tenté de le persuader de profiter davantage de la vie, de s'amuser au lieu de répéter ses pièces au violon durant des heures ou de s'enfermer pour démonter des horloges et des montres.

— Heureusement que tu sors pour ramer, avait dit Livio, sinon tu serais un ectoplasme.

Il avait ri avant d'ajouter sur un ton affectueux que Rafaele s'en sortait très bien avec une gondole. Mais derrière la tendresse qu'il avait décelée dans la voix de son père, Rafaele avait perçu l'étonnement. Son père était surpris qu'il réussisse à manœuvrer cette longue embarcation. Comment ce fils si différent de lui, qui préférait le silence des églises au joyeux brouhaha des restaurants ou des marchés, qui ne pouvait sortir de la maison sans porter une chemise blanche impeccable, même en pleine canicule, ce fils qui avait boudé tous les jouets qu'on offrait à un garçon, les camions comme les fusils en bois, jusqu'à ce qu'un grand-père lui donne une vieille montre, comment ce fils qui ne reprendrait jamais l'affaire familiale et qui devait le décevoir même s'il ne le montrait pas, comment et pourquoi ce fils avait-il décidé d'apprendre à valser sur la lagune?

Rafaele, ravi d'épater son père pour la première fois, s'était promis de ne jamais lui dire que c'était la précision de la rame s'enfonçant dans l'eau qui l'avait séduit. Le son apaisant du bois qui fend les vagues, sa constance hypnotique, les gestes rituels lorsqu'il accostait. Il posait toujours le pied droit sur la terre ferme et écartait la gondole du pied gauche.

Oui, il était peut-être maniaque, mais c'était avec ce soin qu'il apportait à toute chose qu'il se consacrerait à faire la lumière sur la mort de son père. Il devrait être patient, mais c'était justement une de ses qualités. Il s'arrangerait pour faire comprendre à son oncle Mauricio puis à son oncle Alberto qu'il pouvait se rendre utile de bien des manières. C'était seulement au sein de la *famiglia* que Rafaele pourrait en apprendre davantage sur chacun de ses membres. Sur ses oncles, sur le Boiteux disparu.

Violette Cartier détaillait le visage de sa grand-mère faiblement éclairé par les lueurs de l'aube. Il lui semblait plus lisse, moins ridé, détendu. Pourquoi en aurait-il été autrement? Madeleine Cartier était enfin libérée, grâce à elle. Elle n'aurait plus à supporter les douleurs au dos qui l'handicapaient depuis tant d'années, ni une mauvaise vue qui la privait de ses émissions télévisées favorites. Elle ne déplorerait plus la mort de ses vieux amis, le vide autour d'elle, la rareté des visites de ses petits-enfants.

— Tu es la seule qui vient me voir régulièrement, avait-elle confié à Violette. Tu es une bonne fille. Tu es gentille d'avoir apporté des chocolats, mais je n'ai même plus le plaisir de manger. Avec les médicaments que je prends pour la pression, mes papilles me trahissent. Je ne goûte pas grand-chose...

Violette avait compris le message tacite de son aïeule et l'avait aidée à disparaître en maintenant un oreiller sur son visage. Tout au long de l'intervention, elle lui avait répété qu'elle était heureuse de la délivrer. Qu'elle ne l'oublierait jamais. Elle avait eu un grand frisson de bonheur quand elle avait senti les muscles se détendre, la vie quitter ce corps misérable. Elle avait le pouvoir d'apporter ce soulagement infini, elle, Violette Cartier. Elle regrettait de ne pouvoir en parler à personne. Mais rares étaient ceux qui comprenaient cette forme de miséricorde...

Louise regardait les passants du haut de son balcon en se demandant qui, parmi tous ces gens, allait retrouver un compagnon en rentrant à la maison. Qui serait accueilli par de joyeux jappements, des pépiements ou d'insistants ronronnements? Qui entendrait le cliquetis des ongles d'un caniche sur le parquet ou le son assourdi d'un persan se laissant tomber sur le sol pour rejoindre son maître? Qui sentirait un museau effleurer ses chevilles, la pression d'une tête contre ses hanches? Qui passerait ses mains dans un épais pelage ou percevrait chaque muscle du corps nerveux d'un abyssin? Qui s'étonnerait d'un soudain manque d'appétit, d'une toilette excessive, d'une trop fréquente envie d'uriner, d'une bosse suspecte? Qui, comme elle, tournerait en rond dans son appartement en attendant l'appel d'un vétérinaire?

Louise jeta un coup d'œil à l'horloge où chaque heure était annoncée par le chant d'un oiseau et poussa un long soupir; encore une heure. Le Dr Jobin n'appellerait pas avant onze heures. Soixante minutes. Dans soixante minutes, elle saurait si l'opération s'était bien déroulée. La veille, le vétérinaire semblait confiant, mais ne lui avait pas caché qu'il y avait toujours des risques lors d'une intervention.

— J'ai souvent pratiqué une entérotomie et, en général, tout se passe bien. Je vous promets de vous téléphoner dès que j'aurai opéré Saphir.

Louise avait caressé une dernière fois les oreilles sombres du siamois avant de rentrer chez elle, où Freya l'attendait. La vieille chatte avait quitté son fauteuil préféré pour venir la saluer et Louise avait puisé un certain réconfort à l'écouter ronronner dans son cou.

— Je ne veux pas que Saphir meure aussi! Nous avons perdu Melchior cette année, c'est déjà trop!

La chatte avait entrouvert ses yeux turquoise, s'était étirée, avait bâillé et poussé un miaulement en se dirigeant vers la cuisine.

— Eh bien! Ça ne te coupe pas l'appétit de penser que Saphir est malade, avait commenté Louise sans surprise.

Freya n'avait pas accueilli le jeune siamois avec beaucoup d'enthousiasme quand Louise l'avait ramené chez elles, trois mois après le décès de Melchior. Elle avait reniflé le chaton d'un air excédé, avait longuement fixé Louise qui s'était empressée de justifier cette adoption.

— Il pleurait tellement dans sa cage, je n'ai pas pu le laisser à l'animalerie. Il y a assez de place ici pour tout le monde. Je vais m'en occuper, il ne te dérangera pas.

Freya avait continué à dévisager Louise: croyait-elle vraiment à ce qu'elle disait?

Un chaton de dix semaines resterait sagement dans son panier? Mais pourquoi avait-elle ramené cette bestiole? N'avait-elle pas compris qu'un compagnon ne lui manquait pas du tout? Qu'elle aimait avoir sa maîtresse, ses caresses, la maison, tous les fauteuils, toute la place dans le lit pour elle seule? Un chaton! Quelle idée saugrenue!

Louise quitta le balcon en frissonnant même si l'air était doux; elle avait peu dormi durant la nuit, se réveillant trop souvent pour penser à Saphir en se reprochant d'avoir laissé traîner ses chaussettes de cachemire sur le canapé. Elle avait oublié – mais comment avait-elle pu oublier ça? – que certains siamois aiment téter, mâcher, imbiber de salive les tissus. Freya, bébé, avait régurgité trois balles de peluche et Louise avait dès lors retiré tout objet en tissu de son champ de vision.

Saphir était si petit! Comment avait-il pu grignoter ses chaussettes sans qu'elle s'en aperçoive? Quand elle l'avait entendu tousser, il était trop tard… Et maintenant, elle regardait l'horloge pour la vingtième fois de la matinée.

Dix heures quarante-trois. Saphir n'avait que cinq mois et demi! Il ne pouvait pas mourir! Elle ne le supporterait pas. L'angoisse l'empêchait de respirer normalement et elle se sentait étourdie. Et lente, comme si on avait lesté son sang de plomb. Elle revoyait Saphir, les pattes avant appuyées contre les barreaux de sa cage, poussant des cris nasillards qui affirmaient son appartenance à la race siamoise. Elle avait admiré sa robe d'un beige pâle presque rosé, les oreilles et le museau qui commençaient à foncer, s'était demandé si ce chaton serait plutôt sable ou encore plus sombre à l'âge adulte. Tout dépendrait de la température à laquelle il serait exposé. Un employé s'était approché de la cage et, sans la prévenir, avait sorti le chaton pour le déposer sur son épaule alors qu'elle s'apprêtait à reculer, à faire volte-face.

Trop tard! Piégée à la seconde où Saphir avait enfoui son minuscule museau dans ses cheveux qu'il avait délicatement mâchouillés. Qui aurait pu lui résister? Elle avait eu une pensée pour Freya, bien sûr, mais avait vite balayé ses scrupules: leur appartement était immense, la vieille chatte pourrait se réfugier dans une des chambres quand elle souhaiterait avoir la paix. Et le chaton la distrairait tout de même un peu!

Louise avait refusé que l'employé enferme l'animal dans une boîte et l'avait ramené, toujours blotti dans son cou, jusqu'à la maison, où il s'était révélé curieux et téméraire. Contrairement à Melchior, qui avait passé des heures à inspecter chaque pièce avec circonspection quand Louise avait déménagé à Montréal, Saphir avait exploré avec hardiesse sa nouvelle demeure. Après ces jours de confinement à l'animalerie, il avait soif de liberté, de découvertes et de mouvement. Elle n'avait jamais eu de chat aussi prompt à piquer un sprint dans le corridor et avait vite compris qu'elle devait être très vigilante lorsqu'elle ouvrait la porte de l'entrée : Saphir ne souhaitait qu'une chose, explorer de nouveaux territoires.

Le salon était étrangement calme en l'absence de Saphir et Louise avait l'impression qu'elle pouvait entendre les aiguilles de l'horloge se traîner lamentablement autour du cadran. Elle se dirigea vers la cuisine, remplit la bouilloire, choisit un simple thé blanc chinois et laissa tomber les feuilles dans la théière. Elle n'avait ni faim ni soif, mais devait se ressaisir, être alerte lorsque le Dr Jobin lui téléphonerait. Elle trouva un goût de poussière à ce thé qu'elle aimait, d'habitude. Quant aux tartines, elles semblaient de carton et le beurre d'Isigny, trop gras. Elle laissa le tout sur la table, retourna dans le salon et s'assit à côté du téléphone.

Même si elle attendait l'appel, elle sursauta à la première sonnerie. Puis se força à inspirer profondément.

— Dr Jobin ? Est-ce que Saphir est sauvé ?

— Oui. L'intervention a été un peu plus longue que prévu et Saphir est toujours endormi mais il ne devrait pas y avoir de complications. C'est incroyable qu'il ait pu avaler une si grande quantité de laine !

— Ça… ça n'arrivera plus jamais, balbutia Louise avant de remercier le vétérinaire.

— Vous pourrez venir le chercher après-demain. Je préfère le garder sous observation.

— Après-demain, oui. À quelle heure ?

— En fin de matinée ?

Louise remercia de nouveau le Dr Jobin avant de reposer l'appareil téléphonique. Elle se sentait tellement légère ! Saphir reviendrait à la maison après-demain. Elle verrait le diablotin masqué courir sur l'armoire murale installée par Victor des années auparavant, sauter d'un fauteuil à un autre, dégringoler de la bibliothèque au sol, de l'armoire vitrée où elle conservait sa collection de dés à coudre à la table en noyer circassien. Son beau Saphir serait auprès d'elle dans quarante-huit heures. Le Dr Jobin avait dit en fin de matinée. Elle attendrait jusqu'à 10 h 45.

Que lui donnerait-elle pour fêter son retour? Du poulet cuit? Pourquoi pas? Ou alors, un peu de tilapia? Il commençait à aimer le poisson et Freya serait contente qu'il y en ait au menu. Il fallait que ce soit la fête pour tout le monde et elle veillerait à prodiguer autant de caresses à la doyenne qu'au dernier arrivé.

Saphir était sauvé! Louise éclata de rire avant de retourner vers sa chambre. Elle pouvait maintenant s'habiller et se rendre au restaurant. Elle se rappela subitement que Guido devait lui faire goûter la version définitive – du moins, l'espérait-elle – de sa mousse de foie de volaille aux figues et ses cailles et leur crumble aux cerises. Elle avait si faim tout à coup. Elle retourna à la cuisine pour mordre dans les tartines restées dans l'assiette, ouvrit le réfrigérateur pour attraper un bout de mimolette qu'elle trancha grossièrement. Elle avala le tout en quelques minutes et chanta sous la douche, tout en se disant qu'elle apporterait un bocal du fameux caramel de Guido au Dr Jobin le lendemain matin.

C'était vraiment le meilleur des vétérinaires, et pas seulement parce qu'il avait sauvé Saphir. Elle savait qu'il castrait gratuitement des chats errants et que, deux nuits par mois, il offrait ses services aux itinérants qui partageaient leur vie dans la rue avec un animal. Il avait fait partie d'une équipe de bénévoles qui s'étaient portés au secours des chiens martyrisés d'un chenil dans les Laurentides. Louise s'en voulait encore de ne pas avoir eu vent de l'existence de ce lieu de torture: elle aurait mis fin bien avant à la misère des pauvres bêtes! Leur bourreau avait écopé d'une peine ridiculement légère qui l'avait profondément choquée. Elle s'était juré de s'occuper de lui s'il avait le culot d'ouvrir un autre chenil quand il sortirait de prison. Elle vérifierait régulièrement sur Internet si son nom apparaissait sur les listes d'établissements où on pratiquait l'élevage. Et, au besoin, elle n'hésiterait pas une seconde à le tuer.

Louise coupa le jet de la douche, se répéta que Saphir était sain et sauf. Elle était tellement soulagée, presque euphorique. Elle parlerait au Dr Jobin de son désir d'avoir un aquarium ; il lui semblait que cela pourrait distraire les chats quand elle s'absentait. La dernière fois qu'elle était allée dans une animalerie, elle était restée un long moment à contempler les couleurs si vives des poissons d'eau de mer, la grâce des anémones et les délicats mouvements des hippocampes. Freya et Saphir aimeraient sûrement les observer.

Montréal, 15 mai 2014

Il ventait beaucoup plus depuis la tombée de la nuit et Rafaele Secatto remonta le col de son manteau de cuir noir en espérant qu'il se mette à pleuvoir. Un bon orage le réjouissait toujours et dans ce cas précis, plus d'eau tomberait du ciel, moins il serait facile aux enquêteurs de relever des indices dans la cour de Pete Boivin. Il ne devait pas y en avoir, de toute manière. Rafaele avait tiré sur Boivin dès que celui-ci lui avait fait signe de le suivre à l'extérieur. Il n'avait pas posé un pied en dehors des pierres qui dessinaient un sentier dans la cour. Et il n'avait touché à rien. Dans combien de temps découvrirait-on son corps ?

Rafaele n'avait pas eu à s'interroger sur les motifs qui avaient poussé son oncle Alberto à décider de cette exécution. Boivin avait la langue trop longue et, même s'il avait un contact au sein du service de police de la ville de Montréal, sa tendance à se vanter de ses exploits quand il avait un peu trop bu s'était retournée contre lui.

En rentrant à son loft du Vieux-Montréal, Rafaele se servit un verre de jus de canneberge qu'il sirota en admirant les toits de la ville. Il se plaisait davantage dans cette ville qu'il ne s'y était attendu lorsqu'il avait pris la décision d'émigrer, de travailler pour son oncle afin de tout découvrir sur la mort de son père. Après s'être rendu utile auprès de Mauricio, il avait pu se tourner vers Alberto sans que celui-ci soit trop intrigué par sa démarche. Le fait qu'il ait toujours été si différent de son père avait facilité son intégration au sein de l'organisation. L'honnête, le scrupuleux Livio avait toujours été le mouton noir de la famille. Rafaele avait su convaincre ses oncles qu'il partageait leurs idées. Et qu'il saurait persuader sa mère de lui céder les affaires de Livio. Dès qu'il aurait les pleins pouvoirs, bien des choses changeraient, avait-il promis à Alberto. Il retournerait en Italie et mettrait ses bateaux à la disposition de ses oncles. Sa mère n'aurait plus rien à dire.

Il y avait maintenant deux ans qu'il était au Québec et Alberto lui confiait de plus en plus de responsabilités. Il avait même remplacé Ange, son garde du corps depuis dix ans. Michaël Arpin, le bras droit d'Alberto Secatto, semblait satisfait de cette promotion.

— Tu as fait tes preuves. Ton oncle sait qu'il peut compter sur toi. Il est exigeant, tu le connais, et n'est pas toujours facile, mais il n'y a pas que des désagréments. Il veut t'intégrer rapidement au processus de décision. Tu es plus jeune, plus moderne, tu peux voir les choses différemment. Tu apprendras beaucoup en suivant Alberto partout.

Michaël Arpin avait ajouté dans un sourire qu'il connaîtrait les meilleurs restaurants.

— Ton oncle est gourmand… et même un peu trop. On ne l'a pas surnommé le Mammouth sans raison. Il ne fait pas attention à son poids, à sa santé, mais personne ne le changera. Tu devras veiller à ce qu'il soit toujours assis le dos au mur, loin des fenêtres et près des cuisines. C'est plus bruyant mais il faut penser aux issues. Avec ces nouveaux restaurants où les clients peuvent voir le chef travailler, c'est plus compliqué. J'essaie de les éviter, mais tu connais ton oncle, il est entêté. S'il veut quelque chose… Mais bon, l'important, c'est qu'il a confiance en toi. Tu es son neveu, après tout.

Rafaele avait esquissé un sourire d'acquiescement, alors qu'il pensait que les liens familiaux ne garantissaient pas la loyauté. Dès qu'il aurait trouvé comment exécuter Alberto sans être accusé, il le tuerait. Chaque fois que lui-même remplissait un contrat, il songeait qu'il débarrassait la société d'un élément pourri, que cette victime lui permettait de prendre à la fois du galon et de l'aisance : en variant les expériences, il se familiarisait avec les différentes façons d'assassiner Alberto.

Et maintenant, ce job de garde du corps qui lui permettrait d'accéder aux secrets de son oncle. Avant de disparaître, emporté par un cancer du foie, Stefano Grassi lui avait confié que, quelques années auparavant, il avait retrouvé le Boiteux, soupçonné du meurtre de Livio. Celui-ci venait d'être lardé de coups de couteau et gisait, agonisant, à l'hôpital. Avant de mourir, il avait confessé au bras droit de son père qu'il avait bien exécuté Livio sur ordre d'Alberto et que celui-ci cherchait à étouffer l'affaire.

— Pourquoi mon oncle détestait-il autant mon père ? avait questionné Rafaele. Tu n'as jamais voulu me le dire, mais…

— Comme je vais mourir, tu veux savoir ? Il l'a toujours envié. Je les ai connus quand ils avaient dix ans et Alberto jalousait déjà Livio.

— Pour quelle raison ?

— Parce que Livio était le préféré de leur père. Il lui ressemblait. Et c'est Livio qui a épousé Maria, alors qu'Alberto l'avait déjà demandée en mariage. Il s'imaginait que, parce qu'il était bel homme, elle le choisirait.

— Bel homme ? Il a l'air d'un pachyderme !

— Pas à l'époque.

— Alberto et maman ? s'était étonné Rafaele. J'ai peine à l'imaginer.

— Tu ne trouves pas qu'Emilia ressemble à ta mère ? Alberto n'a pu s'empêcher d'épouser une copie de Maria.

— Et Mauricio a toujours pris parti pour Alberto ?

— Mauricio fait ce qu'on lui dit de faire. Il a obéi à Livio et il écoute Alberto. Ils t'ont tous oublié dans l'histoire… Mais toi, tu n'oublieras rien.

Stefano qu'il voyait pour la dernière fois. Lui avait promis qu'il punirait Alberto Secatto. Et maintenant qu'il s'était rapproché de son oncle, il saurait trouver des preuves de tous ses crimes et il le détruirait. Lui et son empire. Le nom des Secatto ne serait plus synonyme de mafieux. Il retournerait à Venise, aiderait sa mère et sa sœur, qui s'intéressait à l'affaire familiale. Ni Alberto ni Mauricio n'y toucheraient !

Venu se baigner au lac Vert, Rafaele avait repéré un coffre-fort dans la nouvelle résidence d'été de son oncle. Il avait visité de fond en comble cet immense chalet afin de soumettre les meilleures mesures de sécurité et avait admiré le coffre, un modèle qu'il n'avait jamais vu. Du genre compliqué à forcer. Ce serait un beau défi pour un passionné comme lui de mouvements d'horlogerie. Il était redescendu vers le salon où l'attendait Alberto. Il lui avait fait part de ses observations, puis il était sorti pour jouer avec le couple de bergers allemands qui couraient au bord du lac. Zeus et Hadès lui rappelaient César, le chien de son père. Il avait toujours aimé les chiens, plus fiables que bien des humains, selon Livio Secatto. Ce n'était certes pas César qui l'avait trahi.

En savourant son jus de canneberge blanc dans son loft, Rafaele observait le vol des mouettes dans le ciel, leur enviait leur liberté. Quand mettrait-il fin à cette mission qui durait depuis trop longtemps déjà ? Quand pourrait-il retourner à Venise, entendre à nouveau l'apaisant bruit des vagues lorsqu'il pêchait à l'aube au large de Mestre ? Il se dirigea vers la table où était posé son violon, puis vers l'établi où des rangées de boîtes noires parfaitement alignées l'attiraient. Il ne put résister à l'envie de travailler sur cette montre ancienne qu'il avait achetée chez un brocanteur de la rue Notre-Dame. Rien ne pouvait rivaliser avec cette forme de détente après un meurtre.

Il n'était pas vraiment inquiet lorsqu'il s'était approché de sa proie : il avait effectué les vérifications nécessaires, il ne pouvait y avoir de surprise. Tout était toujours dans la préparation. Et la vitesse d'exécution. Il était aussi doué pour ce type d'intervention que pour comprendre les mécanismes les plus complexes. Au fond, c'était toujours une question de temps. Il aimait que les secondes soient des secondes, les minutes des minutes ; rien ne pouvait altérer cette vérité. Il aimait ce qui était fiable. Noir ou blanc. Net. Comme son appartement : carrelage et murs blancs, meubles et appareils en noir. Comme l'aquarium où évoluaient les hippocampes, où les cailloux étaient presque transparents. Comme ses vêtements, pantalon sombre et chemise couleur de neige. Pas écru, ou blanc cassé, non. Blanc comme la première neige. C'était une des choses, avec le jus de canneberge blanc, qu'il appréciait au Québec, ces bordées qui épuraient le paysage. Dommage que ce soit si éphémère.

* * *

Montréal, 16 mai 2014

À 10 h 44, Louise poussait la porte de la clinique vétérinaire, souriante, portant un sac dans lequel elle avait mis dix pots de caramel au beurre. Elle s'était dit que tout le monde, dans la clinique, méritait d'avoir cette douceur pour avoir veillé au bien-être de Saphir.

— Le Dr Jobin va vous expliquer les soins à donner à votre chat. Il est tellement mignon ! Je vais le chercher à l'étage.

L'employée disparut tandis que le vétérinaire s'avançait vers Louise. Malgré le sourire qu'il lui adressa, elle nota ses traits tirés, la lassitude de son regard. Elle connaissait le Dr Jobin depuis des années ; se pouvait-il qu'elle ne se soit pas aperçue qu'il avait vraiment vieilli ?

— Comme je vous l'ai dit, l'opération s'est bien déroulée, même si elle a été plus longue que prévu, car c'est un jeune chat. Saphir devra suivre une petite diète pour quelques jours. Vous lui donnerez ces comprimés antibiotiques et…

La vibration du téléphone interrompit le Dr Jobin, qui s'empressa de saisir son appareil. Louise le vit écarquiller les yeux, l'entendit répondre oui à trois reprises avant de soupirer en glissant le téléphone dans la poche de son sarrau.

— Je dois vous quitter, dit-il à Louise avant de se diriger vers la sortie.

Avant même qu'elle puisse le remercier et lui offrir les pots de caramel, le Dr Jobin dévalait les marches du perron de la clinique. Sonia, qui portait la cage de Saphir, s'en étonna.

— Mais qu'est-ce qui…

— Il a répondu au téléphone et m'a plantée là, dit Louise. Une urgence, je suppose.

— Pourquoi est-il est sorti par en avant ? dit Sonia. Son auto est dans le stationnement, à l'arrière.

Louise ouvrit la cage pour caresser Saphir et se tourna à demi vers l'employée.

— J'ai trouvé que le Dr Jobin avait l'air épuisé. Est-ce qu'il est malade ?

— J'espère bien que non ! Ça fait deux semaines que…

Sonia s'interrompit. Elle n'avait pas à révéler ses soucis à Louise.

— Deux semaines que…

— Non, rien. Je vais chercher les médicaments que vous devez administrer à Saphir.

Louise écouta attentivement la jeune femme lui expliquer la posologie avant de repartir avec son chat. En déposant la cage sur le siège du passager, elle repensa à l'expression du vétérinaire au moment où il avait répondu au téléphone. Une expression angoissée. Elle espérait se tromper. Elle ne voulait pas que cet homme soit malade ou ait des ennuis, car il était une des rares personnes pour qui elle éprouvait autant d'estime que de gratitude. Mais quel genre d'ennuis pouvait avoir le Dr Jobin? Elle savait qu'il était marié depuis vingt-cinq ans puisqu'il était venu célébrer l'événement chez Carte noire, qu'il avait un fils, Simon-Olivier, qu'il aimait le bourgogne et le saumon qu'il pêchait chaque été, qu'il pratiquait la navigation et partait deux semaines en mars à Hawaï chaque année… Une vie qui semblait très bien rangée. Alors quoi?

* * *

Mont-Saint-Hilaire, 1er juin 2014

Tout en touillant la salade, Dorothée contemplait Matis et Victor qui le berçait en lui chantonnant une berceuse. Elle n'avait jamais douté de l'instinct paternel de Victor et avait eu raison. Il était parfait avec leur fils, patient, doux, passionné par toutes les lectures concernant l'éducation. Il l'accompagnait à chaque visite chez le pédiatre et n'avait jamais rechigné à se lever la nuit pour lui ramener Matis, qui était toujours prêt à téter.

Comment pouvait-on être plus heureux? Bon, il y avait bien une ombre au tableau: Dorothée ne s'était pas encore habituée, même au bout de plusieurs mois, au fait que Mélissa vive en appartement. Elle la trouvait trop jeune, mais ils avaient déménagé à la campagne et leur domicile était trop loin du collège où Mélissa étudiait. Victor avait beau lui répéter que sa fille était responsable, Dorothée ne pouvait s'empêcher de s'inquiéter pour elle. Si elle s'était écoutée, elle lui aurait téléphoné trois fois par jour, alors qu'elle se contentait d'un seul appel au milieu de l'après-midi. Jamais plus tard, car Mélissa lui avait bien fait comprendre qu'elle ne pouvait lui parler quand elle travaillait chez Carte Noire. C'était tout à son honneur de prendre son boulot au sérieux et Dorothée ne manquait pas de la questionner sur ses collègues et sur Guido. Elle avait été triste d'apprendre que la copine de ce dernier l'avait laissé tomber.

— Comment a-t-elle pu faire une chose pareille? demanda-t-elle à Victor. Guido est un amour! Et un des meilleurs chefs de Montréal!

— Justement, il n'est pas très disponible. C'est exigeant, ce métier-là.

— C'est sûr, mais elle aurait pu le comprendre. Il est en train de bâtir sa réputation, il pourra déléguer plus tard, quand il aura formé un vrai second. Cette femme ne le méritait pas. Guido a besoin d'une compagne compréhensive et ouverte, patiente, qui saurait le soutenir, l'encourager dans sa création. Mais j'y pense… J'ai quelqu'un à lui présenter!

Victor cessa de bercer Matis: il n'aimait pas trop cette dernière phrase qui lui faisait craindre que Dorothée se mêle à nouveau de ce qui se passait chez Carte Noire.

— À lui présenter? répéta-t-il.

— Je t'ai parlé de Violette Cartier, avec qui je suis souvent en contact? Celle qui s'est occupée de Mlle Sansregret?

— Violette?

— Elle est célibataire, elle aussi. C'est une belle femme, gentille, dévouée. Elle ne compte pas ses heures auprès de sa clientèle. Elle manifeste beaucoup d'empathie, presque trop. La mort de Mlle Sansregret l'a vraiment affectée. Elle pleurait tellement à son enterrement que j'ai dû la consoler. C'est comme ça que nous nous sommes connues. Je l'estime beaucoup. Ce ne sont pas toutes les infirmières qui montrent autant de compassion.

— Pourquoi ne travaille-t-elle pas dans un hôpital ?

— Parce qu'elle trouve justement qu'il n'y a pas assez de contacts avec les malades. Elle en a fait l'expérience à Québec. À l'Hôtel-Dieu, puis à Saint-François d'Assise. Elle aime le contact avec les personnes âgées et se sentait coupable de ne pas pouvoir être plus présente auprès d'eux. Il faudrait vraiment que les gouvernements encouragent la formation de nouvelles infirmières, elles ne sont pas assez nombreuses, on exige trop d'elles ! Pour en revenir à Violette, je suis certaine qu'elle plairait à Guido.

— Si elle est si merveilleuse, pourquoi n'a-t-elle personne dans sa vie ?

— Elle a souvent déménagé.

— Moi, je pense que Guido est assez grand pour se trouver lui-même une blonde.

— Mais ça ne coûte rien de la lui présenter. On va souper chez Carte Noire, cette semaine. On verra bien ce que cela donnera…

— Chez Carte Noire ?

— Veux-tu venir avec nous ? Tu pourrais faire sa connaissance.

Victor s'empressa de refuser. Qui garderait Matis ?

— On peut le confier à ma mère.

— J'aime mieux attendre encore un peu.

— Tu es le papa le plus père poule que j'ai jamais connu, fit Dorothée avec tendresse. On sortira donc entre filles !

— Tu ne devrais pas te mêler des affaires de Carte Noire. Ça pourrait déplaire à Louise.

— Je ne me mêle pas de ses affaires, mais de celles de Guido. Plus j'y pense, plus je me dis que Violette serait parfaite pour lui.

— Je ne crois pas que Mélissa appréciera que tu te pointes au restaurant, tenta Victor. Elle va penser que tu veux la voir à l'œuvre, être sûr qu'elle s'en sort bien.

— N'importe quoi! Elle sait parfaitement que j'ai toute confiance en elle. C'est Guido qui m'intéresse pour le moment. Si Mélissa nous sert, tant mieux, mais elle n'est pas la seule employée chez Carte Noire.

Alberto Secatto replia le journal avant de l'apporter à Emilia ; il avait lu avec satisfaction l'article sur le meurtre de Boivin. Il était clair que les enquêteurs n'avaient aucune piste. Et comme ils savaient sûrement que Boivin faisait partie de l'organisation, ils concluraient rapidement à un règlement de comptes. S'il y avait un zélé dans l'équipe, il chercherait à savoir qui était responsable du meurtre pour tenter de deviner si ce crime pouvait susciter la vengeance, mais ça n'irait pas plus loin. Rafaele était un vrai professionnel. Dès son premier contrat, il avait fait preuve d'un sang-froid étonnant qui avait rappelé Livio à Alberto. Livio, que rien ni personne n'effrayait. Rafaele lui avait pourtant toujours semblé si différent de son père…

Toute la famille savait que le père et le fils s'étaient affrontés avant la mort de Livio, que celui-ci était déçu du peu d'intérêt de son fils pour ses affaires. Maria avait confié à Emilia que Rafaele voulait être horloger. Comment pouvait-on désirer être horloger ? Alberto s'était réjoui des déceptions que Rafaele causait à Livio, mais il n'aurait jamais cru que leur antagonisme irait jusqu'à pousser Rafaele à demander à Mauricio de lui permettre de faire ses preuves. De choisir de vivre au Canada en attendant d'hériter des affaires de son père. Il avait démontré autant d'humilité que d'obéissance, ce qui avait fait regretter à Alberto de ne pas avoir eu un fils tel que lui. Plus il connaissait son neveu, plus il appréciait son ardeur au travail même s'il ne parvenait pas à le cerner. Il se livrait si peu… Tout le contraire d'une grande gueule comme Pete Boivin. On avait bien fait de s'en débarrasser avant qu'il raconte un autre épisode de sa formidable existence.

Alberto Secatto jeta un coup d'œil à sa montre ; Rafaele devait déjà l'attendre devant la porte. Il était content de l'avoir désormais comme garde du corps. Sa connaissance enviable des armes à feu l'avait impressionné. Alberto n'avait jamais vu qui que ce soit démonter et remonter un Magnum comme y parvenait Rafaele. On sentait qu'il aimait intimement les P38, les Luger, les colts, les mitraillettes. Il les soupesait avec respect. Calmement. Rafaele était toujours si posé! Dommage qu'il soit le fils de son frère, il aurait été le prétendant idéal pour Sissi... Il aurait peut-être réussi à lui mettre un peu de bon sens dans la cervelle.

Sa fille était loin d'être un modèle de sagesse. Et c'était de sa faute. La seule erreur de sa vie: avoir trop gâté Sissi, sa petite princesse. Emilia l'avait mis en garde, mais il ne l'avait pas écoutée. Résultat: Sissi avait déjà démoli deux voitures et fait la une du *Journal de Montréal* l'hiver dernier, lors du second incident, alors qu'elle avait embouti l'entrée d'une pharmacie d'un centre commercial. Il avait fallu tout le talent de leur avocat pour la tirer de ce mauvais pas. Si seulement Rafaele n'était pas son cousin! D'un autre côté, s'il voulait être honnête, il devait admettre que, bien qu'il ait le visage et l'allure d'un mannequin, son neveu n'aurait pas pu plaire à Sissi. Elle se moquait de lui dans son dos, le surnommant le Moine. Parce qu'il ne buvait pas, ne sortait pas en boîte, restait enfermé chez lui avec ses montres et ses poissons. Pas vraiment distrayant... Mais efficace.

Alberto Secatto ne pouvait pas raconter à Sissi que, grâce à Rafaele, il se réjouissait aujourd'hui de la disparition de Boivin. Il devrait d'ailleurs faire un cadeau à son neveu pour souligner son premier mois en tant que garde du corps. Il aurait bien du boulot au cours des prochaines semaines avec la fête prévue pour l'anniversaire de Sissi. Une centaine d'invités à surveiller. Doubler la sécurité de la maison. Tenir compte des policiers qui chercheraient le moindre prétexte pour venir fourrer leur nez dans le jardin. Penser aux journalistes. Mais bon, Sissi ne célébrerait ses vingt ans qu'une seule fois ! Et la fête était aussi un prétexte pour épater ses alliés, leur montrer sa richesse.

Il s'approcha d'Emilia. Avait-elle enfin choisi le traiteur à qui reviendrait l'honneur de tout préparer pour l'anniversaire de Sissi ?

— J'hésite encore. Je pense qu'on devrait retourner souper chez Carte Noire. Pour que je sois bien sûre que c'est à Guido Botterini qu'on doit confier cette tâche. Il est jeune, mais…

— C'est un des meilleurs chefs du Québec. Qu'est-ce que tu attends ? Qu'il ne soit plus disponible ? On ira souper demain soir ! Et tu prendras ta décision.

— Sinon ?

Alberto haussa les épaules, Emilia pouvait se montrer si agaçante avec ses hésitations. Mais elle savait réussir une réception.

Montréal, 4 juin 2014

Violette regardait la dépouille du chat blanc en songeant qu'il avait cessé d'errer et de chercher chaque jour à se nourrir.

Elle passa sa main sur les maigres flancs de l'animal, puis elle glissa le corps dans un sac plastique et le rangea au congélateur. Elle l'ensevelirait plus tard, quand elle aurait un moment pour aller à la campagne. Il y avait encore de la place pour deux autres chats dans le congélateur, deux pauvres créatures dont le quotidien était régi par l'inquiétude : famine, mauvaises rencontres, maladies, maîtres négligents. La vie dans les ruelles de Montréal était trop difficile ! Mais elle était là pour les libérer de leurs angoisses.

* * *

La chair écarlate des rougets, lustrée d'huile, brillait dans l'assiette que Geneviève déposa devant Alberto Secatto. Il sourit en humant le parfum d'agrumes qui se mêlait à celui des olives noires frites. La farce des poissons lui rappelait les dimanches après-midi où sa mère dénoyautait les olives qu'elle fourrait ensuite d'anchois ou d'amandes avant de les paner et de les faire frire pour la *cena*. Il saisit sa fourchette, la piqua d'un coup sec dans le premier poisson et en savoura la délicatesse et la cuisson parfaite. Il se tourna vers Emilia ; il leur fallait ce chef pour l'anniversaire de Sissi, comment pouvait-elle encore hésiter ?

— Si c'était ton anniversaire ou le mien, je n'hésiterais pas, mais Sissi… Je crois qu'elle aimerait quelque chose de plus amusant. De plus fou.

— Depuis quand la cuisine doit-elle être folle ? Nous aurons cent personnes à la maison. Des gens avec qui je fais des affaires. C'est une fête, pas un carnaval. Et je…

— Non! Justement! Voilà l'idée! Tu es un génie!

Alberto dévisagea sa femme qui lui souriait, radieuse. De quoi parlait-elle encore?

— Un carnaval! Nous sommes vénitiens, non? Demandons à Guido de créer un souper inspiré de chez nous. Les gens se déguiseront et ça, ça plaira à notre Sissi. Je te vois très bien en doge.

— Moi? Déguisé?

— Ou en César. Oui, César. Tu as de belles épaules, tu sauras porter la toge. Et je serai ta Cléopâtre. Quelle bonne idée tu as eue! Un bal masqué, c'est tellement original!

— Non, non, pas si bonne que ça… Ce sera très compliqué à organiser…

— Voyons! Tu as toujours dit que j'étais la reine des fêtes! Tu ne me fais plus confiance?

— Je parlais de la sécurité. Les déguisements permettent n'importe quoi. Il ne faut pas de masques.

— Pas de masques? Le symbole même de Venise? Tu n'y penses pas! Tes hommes n'auront qu'à vérifier l'identité de nos invités quand ils arriveront. Ce n'est pas sorcier!

— Si tu crois que cela plaira à tout le monde, commença Alberto.

Il venait de penser que, au contraire, les déguisements lui permettraient de justifier une mesure autrement inadmissible. S'il connaissait personnellement la moitié des invités, il n'avait pas rencontré leurs conjoints ou fiancées. Il ne reconnaîtrait pas la plupart des amis de Sissi, qui en changeait trop souvent. Hormis sa trop belle copine si bien nommée Marilyn, il ne prêtait pas attention aux jeunes qui se réunissaient au bord de la piscine. Il n'était presque jamais dans cette partie de leur résidence.

— On pourrait avoir une gondole en glace au centre des tables. Pour les desserts.

— Tiramisu? Gelato?

— Guido est plus original que ça! Il faut qu'on discute avec lui.

Elle se tourna vers la cuisine, comme si elle pouvait apercevoir Guido lorsque les portes battantes s'ouvriraient. Après quelques secondes de vaine attente, elle se tourna vers son mari pour lui dire qu'il était navrant que Rafaele soit resté à l'extérieur du restaurant.

— C'est notre neveu, il devrait souper avec nous.

— C'est son choix. Il prend son rôle de garde du corps au sérieux. Ange aussi préférait attendre à l'extérieur. De toute manière, il n'est pas gourmand.

— C'est étonnant! Ses parents, Maria et Livio, ont toujours aimé les plaisirs de la table. Tous les Secatto sont des amateurs de bonne chère.

— Oui, c'est à se demander de qui il tient ce côté austère.

— Tu devrais peut-être l'imiter pour un moment et te restreindre. Ce n'est pas bon pour ta santé…

— Arrête avec ce discours! Pas question que je passe ma vie au céleri bouilli.

Il tendit la main vers l'entrée qu'avait choisie Emilia, des gambas frites, couchées sur un lit de fenouil et de trévise grillés. Il ferma les yeux en savourant les crustacés, le contraste entre la chair délicate et la pâte si croustillante, légèrement épicée de graines de cumin. Est-ce qu'on pouvait réaliser cette entrée pour un gala?

Lorsque Louise vint vers eux pour savoir s'ils étaient satisfaits de leurs plats, Emilia lui confia toute l'admiration qu'elle avait pour le chef et son désir de retenir ses services pour une soirée. Pourrait-elle en discuter avec lui?

— Guido ne terminera pas avant 22 h 30, si j'en juge d'après les réservations. Pourrait-on prendre rendez-vous?

— Nous sommes là, commença Alberto. Ma femme veut seulement lui dire quelques mots… C'est un beau contrat pour vous !

Louise offrit son plus beau sourire à ce nouveau client qui semblait croire que le restaurant lui appartenait.

— Je n'en doute pas une seule seconde. Guido passera vous saluer dès qu'il aura un peu de répit en cuisine. Ce sont les plats qui décident pour nous.

Alberto Secatto allait insister pour voir Guido, mais il fut distrait par l'arrivée d'une femme, habillée en vert amande, qui esquissa un geste vers Louise, puis le reconnut. Elle semblait très surprise de le voir chez Carte Noire. C'était pourtant elle qui avait parlé de ce restaurant, lors du dernier conseil d'administration. Il l'avait entendue vanter les talents de Guido Botterini à Lucy Preston. Elle s'immobilisa un instant, avant de s'avancer vers eux.

— Tu la connais ? demanda Emilia.

— Judith est la vice-présidente du conseil d'administration de l'opéra. Son mari était juge. Il est mort l'an dernier, noyé dans sa piscine.

— Quelle horreur ! Elle est bien trop jeune pour être veuve ! Pauvre elle…

— Elle n'est pas si pauvre que ça, la corrigea Alberto. Elle a touché un bel héritage. Et c'est tant mieux pour les artistes. C'est une ancienne chanteuse d'opéra. Elle s'intéresse aussi à nos jeunes talents. Elle a créé tout récemment une bourse pour eux.

Alberto se leva à demi lorsque Judith s'approcha, lui sourit tandis qu'elle lui tendait la joue. Il revint à l'esprit de Louise que celle-ci lui avait dit que Secatto était un généreux mécène, qu'il adorait l'opéra.

— Ma femme Emilia, fit Alberto. Judith Ellis, la marraine des espoirs artistiques.

— Votre mari exagère, protesta Judith en souriant à nouveau.

— Il a toujours été comme ça.

— Vous connaissez donc maintenant la meilleure table de Montréal, fit Judith.

— Justement, le chef va se charger de la fête de notre fille, dit Alberto. J'ai des invités qui vont venir d'un peu partout. Ce sera une bonne publicité pour le restaurant.

Il avait prononcé cette phrase en fixant Louise, qui aurait pu aisément soutenir son regard mais préféra lui laisser l'impression qu'elle reconnaissait sa supériorité.

— Mon mari a eu une idée formidable! commença Emilia. Donner un bal masqué pour l'anniversaire de notre fille! Un carnaval!

— Un carnaval? s'étonna Judith.

— Nous sommes nés à Venise. J'ai toujours aimé le carnaval. Je pensais à mon costume toute l'année.

— C'est magique, j'y suis déjà allée.

— Alors il faut venir à notre fête! Alberto? L'as-tu déjà invitée?

— Non, mais Judith est toujours la bienvenue chez nous.

Judith s'enquit de la date, assura qu'elle vérifierait si elle était au Québec ce jour-là, les remercia avant d'aller rejoindre son invité, que Mélissa avait dirigé vers la table qui leur était réservée.

— Je viens vous voir tout de suite, lui promit Louise avant de verser la dernière goutte de Barolo dans le verre d'Alberto Secatto.

— Vous nous rapportez la carte des vins? Il me semble que j'ai vu un Lacryma Christi.

— En effet, il ira très bien avec les suprêmes de faisan. Je vous envoie notre sommelier.

Louise s'éclipsa pour aller chercher les menus, qu'elle déposa devant Judith. Celle-ci lui présenta un de ses protégés, un jeune ténor très prometteur. Et vraiment joli garçon. En investissant une part de son héritage dans la Fondation de l'opéra, Judith semblait avoir gagné sur tous les tableaux, renouant avec son amour de la scène et découvrant avec bonheur de beaux talents. Alors que Louise lui signifiait un ajout au menu, Judith lui dit qu'Alberto Secatto était richissime et ne rechignerait pas à dépenser beaucoup d'argent pour une fête.

— S'il vous fait confiance, il laissera carte blanche à Guido. Profitez-en.

— Comment a-t-il fait fortune?

— C'est un entrepreneur. Il possède je ne sais combien d'immeubles. Il joue aussi dans l'import-export, du marbre importé directement de Carrare et vendu dans un de ses trois établissements. Des milliers de pieds carrés. C'est là que j'ai choisi les tuiles pour notre cuisine et les tommettes pour la cour. Du beau, du cher. Les décorateurs ne jurent que par lui.

— Il a l'air assez sûr de lui.

— Il est habitué à obtenir ce qu'il veut, convint Judith.

— Comme un carnaval…

— C'est une idée amusante. Et Guido pourrait jouer la carte italienne à fond.

— C'est lui qui décidera. Je ne cherche jamais à l'influencer.

Judith rendit son menu à Louise sans l'avoir lu.

— Guido peut nous envoyer tout ce qui l'inspire, ce sera parfait. Comme toujours!

— En attendant, je t'apporte une flûte d'Henriot? À moins que vous ne désiriez autre chose?

Le ténor secoua la tête, il aimait beaucoup le champagne.

Louise retourna vers la cuisine en se demandant si Guido serait inspiré par la proposition d'Alberto Secatto. Que l'homme lui déplaise personnellement n'entrait pas en ligne de compte. Louise n'avait pas d'états d'âme en ce qui concernait les clients. La seule chose qui lui importait, et cela à chaque nouveau contrat, c'était que Guido soit heureux de l'avoir accepté. Pour éblouir les clients, il fallait que le chef soit inspiré, libre de s'exprimer. Louise avait parfaitement compris ce qui animait Guido et savait qu'elle devait veiller à ce qu'il ait du plaisir à imaginer les plats. La magie qu'il parvenait à créer, cette magie qui avait valu à Carte Noire d'être reconnu comme une des meilleures tables du Québec, devait être protégée. Elle reparlerait avec Alberto Secatto pour mieux l'évaluer, mais auparavant, elle demanderait à Guido d'aller le saluer.

Dorothée n'avait pas changé, déplora Louise en se dirigeant vers la cuisine. Elle était toujours aussi férocement joyeuse, aussi bavarde, aussi épuisante. Comment son ex, Victor, arrivait-il à la supporter ? Elle comprenait que sa fille Mélissa se soit empressée de quitter la maison pour s'installer à Montréal.

Louise croisa le regard de la jeune fille, qui haussa les épaules : oui, sa mère était égale à elle-même. Mais que pouvaient-elles y faire ?

— Heureusement, elle ne vient pas souvent ici, soupira Mélissa, surtout depuis qu'ils ont déménagé au bout du monde avec le bébé. Je suis tellement contente de vivre en appartement. J'aime ma mère, c'est sûr, mais elle veut toujours se mêler de tout… Je lui ai dit que ce n'était pas une bonne idée d'emmener Violette pour la présenter à Guido.

— Mais elles sont là, maintenant… Tu connais cette fille ?

— Non. Elles se sont rencontrées à l'enterrement d'une vieille dame. Elle est native de Québec.

Louise jeta un coup d'œil à l'horloge ; la soirée s'achevait.

— Elles ont fini leur tisane, dit-elle à Mélissa, elles vont bientôt s'en aller.

— Tu lui dis que je dois rester pour t'aider à fermer ! Je ne veux pas qu'elle me raccompagne à l'appartement, elle ne partira plus !

Louise acquiesça avant de retourner saluer les derniers clients. Elle observa Guido qui s'était assis devant Violette et constata qu'il souriait beaucoup. Peut-être que ce n'était pas une si mauvaise chose, au fond, qu'il s'intéresse enfin à une autre femme. À condition qu'elle ne lui brise pas le cœur comme la précédente. Leur rupture l'avait tellement affecté qu'il n'avait rien créé durant des semaines.

Dans le grand miroir du mur ouest, Louise regarda Violette avec plus d'attention et dut admettre qu'elle était plutôt jolie, si on aimait le genre poupée de porcelaine, teint pâle, cheveux blonds, fines attaches, traits délicats. Elle semblait beaucoup moins diserte que Dorothée, qui respirait à peine entre deux phrases. La jeune femme souriait, opinait de la tête, ne quittait pas Guido des yeux et parlait peu. C'était un bon point pour elle. Louise s'approcha de la table alors que Dorothée se levait enfin.

— Nous devons rentrer. J'ai un petit poussin qui m'attend à la maison.

Louise hocha la tête, bénissant le poupon qui la libérait de Dorothée. Elle raccompagna celle-ci jusqu'à la porte du restaurant tandis que Guido se levait pour tirer la chaise de Violette. Dorothée se pencha vers Louise et lui chuchota à l'oreille qu'elle avait tout de suite su que Violette plairait à Guido.

— Tu verras, elle est vraiment gentille. Et discrète. Et sensible ! Elle a tellement eu de chagrin quand elle a perdu une de ses vieilles patientes. Mais ça fait partie de son métier, non ? Quand on accompagne des personnes âgées, c'est normal que certaines meurent. Elle va apprendre à gérer ses émotions avec le temps. Tu sais qu'elle vient de Québec, comme toi ?

— Oui, Mélissa me l'a dit.

— De Charlesbourg. Elle a travaillé à l'Hôtel-Dieu. Pas loin de l'immeuble où tu as vécu avec Victor. Il me l'a montré quand on est allés à Québec, cet été.

— Mélissa est vraiment sérieuse, est-ce que je te l'ai dit ? la coupa Louise, qui ne souhaitait pas évoquer le passé.

— Tu es contente d'elle ?

— Très. Elle est ponctuelle, attentive et elle s'entend avec tout le monde, fit Louise en ouvrant la porte.

— Penses-tu qu'elle est heureuse en appartement ? Elle prétend que oui, mais j'ai peur qu'elle s'ennuie un peu de nous…

— Non, protesta Louise, elle s'est très bien adaptée.

— Tu es sincère ? Tu ne dis pas ça pour me faire plaisir ?

Louise sourit, l'assura que tout allait bien pour Mélissa.

Violette les rejoignit ; elle tenait une carte professionnelle de Guido dans sa main gauche. Louise leur souhaita une bonne nuit, puis les regarda s'éloigner vers le trottoir, comme si elle craignait qu'elles fassent demi-tour. Elle laissa échapper un soupir de soulagement en refermant la lourde porte derrière elle. Elle hésita un moment, se demandant ce qu'elle pourrait dire à Guido. Décida de se taire. Elle détestait se mêler de la vie privée des gens, mais les événements semblaient souvent vouloir l'y contraindre.

— Rose était très aimée, affirma le prêtre qui célébrait la messe pour les funérailles de Mme Langelier. Elle s'est toujours impliquée dans sa communauté et plusieurs d'entre nous se souviennent de sa participation active à la tombola de la paroisse. Après des années à travailler comme fleuriste, elle a continué à se rendre utile auprès des plus démunis et tous ceux qui ont croisé son chemin étaient réchauffés par son sourire. Rose était une femme qui aimait donner à son prochain.

Tandis que l'assemblée s'agenouillait pour réciter le Notre Père, Violette comptait le nombre de personnes qui étaient venues assister à cette messe. Une trentaine? Elle avait déjà salué la petite-fille de Rose Langelier, sa seule parente, et pourrait consacrer son temps à discuter avec tous ces gens plutôt âgés. Tous ces gens qui auraient peut-être besoin d'une infirmière dévouée. Elle avait trouvé le sermon du prêtre interminable et elle avait hâte de se rendre à la salle paroissiale pour grignoter des gâteaux, qui n'arriveraient sûrement pas à la cheville de ceux de Guido.

Elle reparlerait avec Justine Langelier, évoquerait en termes touchants les bons moments qu'elle avait passés avec sa grand-mère afin de vérifier son hypothèse: Justine ne voyait à peu près jamais son aïeule et ne se rendrait pas compte qu'elle avait pris le sautoir de perles en souvenir de sa patiente. Elle ne porterait pas réellement ce bijou, pas plus que la bague qu'elle avait gardée de Mlle Sansregret, mais elle aimerait le caresser à l'occasion, se rappeler les derniers instants des défuntes.

Tout en réfléchissant, Violette observait que le vieil homme portant une veste rouge n'avait pas bougé de son banc depuis le début de la messe. Il ne s'était ni levé, ni agenouillé en même temps que ses voisins. Des problèmes de mobilité? Et cette femme à sa gauche qui flottait dans son cardigan lilas : avait-elle beaucoup maigri récemment ? Et cette grosse dame dans sa robe noire, juste devant elle, qui respirait à petits coups pouvait souffrir d'emphysème. Sa robe était en soie sauvage et elle avait un bracelet qui semblait en or massif. Quand elle en aurait l'occasion, Violette jetterait un coup d'œil à ses souliers. Les souliers étaient souvent révélateurs de la situation financière d'éventuels patients ; cette dame pouvait, par exemple, ne posséder que ce gros bracelet. De vieilles chaussures trahiraient une certaine économie, alors que les Mephisto noirs qui chaussaient les pieds de la femme qui assistait le curé dénotaient une meilleure santé financière. Les personnes âgées ne pouvaient pas toutes se payer des chaussures à quatre cents dollars la paire.

Elle sourit, se rappelant sa première rencontre avec Mlle Sansregret dans une boutique où on vendait des souliers de marche. Des souliers qui assuraient un bon maintien, une solidité rassurante. Tandis qu'elle détaillait les étalages de sandales, elle avait vu une vieille femme acheter deux paires de chaussures. Comment avait-elle eu le réflexe de la suivre ? Parce qu'elle lui avait semblé mal assurée sur ses jambes ? Violette se le demandait encore mais s'était félicitée d'avoir si bien su improviser. Elle l'avait abordée en lui tendant son parapluie, disant qu'elle avait couru derrière elle, car elle pensait qu'elle l'avait oublié à la boutique. Non, ce n'était pas le sien, mais c'était gentil d'avoir voulu lui rendre service. Violette avait dit qu'elle semblait un peu fatiguée, pouvait-elle l'aider à porter ses sacs ?

— Ils ne sont pas lourds, je n'ai pas conservé les boîtes de carton. Mais c'est la chaleur qui me fatigue. Même si l'air est climatisé dans les centres commerciaux, on dirait qu'on sent quand même l'humidité du dehors. Je déteste l'été !

— Moi aussi. En ville, c'est insupportable. Je crois que je vais aller boire un thé glacé. En voulez-vous ?

Mlle Sansregret avait hésité un peu, puis accepté. Une heure plus tard, Violette connaissait le nom de ses chats, de ses auteurs et de ses musiciens préférés, celui du restaurant où elle soupait tous les jeudis soir, l'adresse de son domicile et celle de sa maison de campagne dans Charlevoix. Ses allergies et sa tristesse de ne pas voir plus souvent son neveu installé à Vancouver. Pauvre Hortense Sansregret, elle était bien seule!

Un mouvement derrière Violette lui fit tourner la tête. Elle vit le marguillier et trois hommes s'avancer pour transporter le cercueil vers l'arrière de l'église. La cérémonie s'achevait, c'était le moment d'observer cet homme qui se mouvait avec difficulté. Était-il accompagné? Rose Langelier devait être une amie très chère pour qu'il se soit déplacé… Violette constata avec satisfaction qu'il avait attendu que tout le monde se soit mis à suivre le cercueil pour quitter son siège. Ayant pris soin de laisser son sac à main sur le banc, Violette revint aussitôt sur ses pas, croisa le regard du vieil homme, lui dit qu'elle avait oublié quelque chose.

— On dirait que j'ai perdu la tête ces jours-ci, confessat-elle. La mort de Mme Langelier m'a donné un coup! Elle n'était pas si vieille, tout de même!

— On avait deux mois de différence. On était voisins quand on était enfants. On s'est perdus de vue quand je suis parti vivre en Allemagne, mais on s'est retrouvés en Floride, dans le même immeuble à condos. Le monde est petit!

— Je l'aimais beaucoup, fit Violette. Elle était si belle, si coquette.

— Si vous l'aviez connue à vingt ans! On voulait tous la marier, mais c'est Raymond qui l'a eue.

— Il est mort plusieurs années avant elle, si ma mémoire est bonne, dit Violette pour prouver qu'elle connaissait bien Rose Langelier. Depuis vingt ans, non?

— Vingt-deux. Il venait tout juste d'avoir soixante ans.

Le vieillard malingre avançait lentement dans l'allée centrale et fit signe à Violette d'aller devant.

— Je ne suis plus très rapide.

— Mais rien ne nous presse. Et pour être franche avec vous, je ne connais personne hormis Justine, la nièce de Mme Langelier. Je l'ai croisée chez elle le mois dernier alors que j'allais changer son pansement. J'ai vu des photos qui semblaient avoir été prises en Floride.

— À Hallandale. On se retrouvait toute une bande là-bas.

— Vous n'y allez plus?

— Non. Impossible de m'assurer. Mon cœur…

Violette lui offrit un regard plein de commisération alors qu'elle jubilait intérieurement : elle avait du flair! Cet homme avait besoin d'elle!

— Je suis désolée pour vous, monsieur…

— Armand Noël.

— Violette Cartier.

— Mais vous n'êtes pas du quartier, fit Armand Noël en lui adressant un clin d'œil.

Violette eut le bon goût de rire à cette plaisanterie éculée.

— En fait, je suis nouvellement arrivée à Montréal. Je viens de Québec.

— C'est une belle ville, dit l'homme en s'appuyant quelques secondes contre la porte gauche de l'église.

Devant eux, les gens descendaient l'escalier qui menait au cimetière.

— C'est mal fait, râla Armand Noël. On est censés se retrouver dans le sous-sol de l'église. On nous fait descendre puis remonter toutes ces marches pour rien.

— Attendons-les ici, proposa Violette. Je ne crois pas que Mme Langelier vous en voudrait.

Violette nommait toujours ses clients par leur nom de famille; il fallait leur démontrer ce respect auquel ils étaient si sensibles. Elle avait vu M. Noël sourciller quand le prêtre avait évoqué « Rose », comme s'ils avaient gardé les vaches ensemble, et s'était dit qu'elle avait raison de conserver une attitude déférente et pleine de modestie avec les vieillards. Elle allait sortir de l'église lorsqu'elle s'arrêta, se retourna et fit un signe de croix en direction de l'autel. Elle ignorait si Armand Noël était croyant ou non, mais elle ne devait rien négliger. Elle lui suggéra ensuite de longer le mur et de se rendre directement au sous-sol.

— Oui, on aura les meilleures places.

Violette acquiesça en s'étonnant qu'on puisse considérer qu'il y avait de bonnes et de mauvaises places dans ce genre de rassemblement. Elle comprit rapidement qu'Armand Noël voulait s'asseoir près de la table où étaient disposés les desserts. Un gourmand? Malgré son aspect si chétif? Excellente nouvelle! Ce serait plus facile de lui administrer un poison en le mêlant à sa nourriture. Un poison végétal, sans lien avec le monde médical, car elle avait déjà utilisé la digitaline et les barbituriques. Des champignons vénéneux, peut-être?

Il faudrait réfléchir à tout ça. « Patience et longueur de temps valent mieux que force ni que rage », répétait souvent sa grand-mère. Ou « Tout vient à point à qui sait attendre ». Cette sentence pouvait s'appliquer à Guido, qui avait mis quelques jours à se décider à lui téléphoner. Était-ce bon signe ou non? Ce délai pouvait être interprété autant dans un sens que dans un autre: soit elle lui plaisait tant qu'il avait pris peur, soit il l'avait trouvée mignonne, mais sans plus. Comment savoir?

L'arrivée des personnes qui revenaient du cimetière la tira de sa rêverie. Elle devait se concentrer sur son voisin. Et aussi sur cette femme à la veste mauve, formidablement chétive...

Rester près du buffet, pendant que les gens feraient la queue avec leurs assiettes en carton, lui permettrait peut-être d'apprendre des choses intéressantes. Et de mettre quelques *cupcakes* dans son sac à main. Il en restait toujours, aussi bien en profiter. Et les sandwichs au fromage étaient meilleurs que ce qu'elle avait cru ; le traiteur n'avait pas lésiné sur le cheddar. Elle n'aurait pas à préparer son souper.

Montréal, 6 juillet 2014

Alberto Secatto tira une longue bouffée de son cigare tout en écoutant le compte rendu de David Vernon Dell, dit DVD, qui parlait très vite. Trop vite. Avait-il pris de la cocaïne ou cherchait-il à les embrouiller, Michaël et lui? DVD travaillait pour eux depuis presque deux ans et, jusqu'à maintenant, il avait donné satisfaction. Pourquoi, subitement, doutait-il de lui? DVD s'exprimait-il vraiment si vite ou était-ce lui qui devenait paranoïaque, qui voyait partout la trahison?

Alberto Secatto soupira; cela faisait partie de son boulot de se méfier de tout, de tous. Tout le temps. On n'accède pas à un tel niveau dans une telle organisation si on fait preuve de naïveté. Qu'est-ce qui clochait dans le récit de DVD? Il décida d'écouter son histoire jusqu'au bout. Giancarlo Rignatti avait donc été tué en sortant du bar l'Émeraude.

— Oui, c'est ce qui était prévu. Mais il y a eu un témoin. Un jeune…

— Comment ça?

— Je ne sais pas! Il était trois heures du matin. On avait fermé la place comme prévu. Rignatti ne se doutait de rien, tout était ok. On est sortis à l'arrière du bar, j'ai fait ce que j'avais à faire puis voilà que je vois le petit gars qui se lève.

— Qui se lève?

— Il était assis par terre, appuyé contre le mur. Il a fait quelques pas, il marchait tout croche et il est retombé.

— Qu'est-ce que tu as fait? demanda Michaël.

— Je l'ai laissé là. Tu voulais que je le tue aussi?

— Mais il t'a vu!

— J'ai récupéré le corps de Rignatti. Le jeune était tellement pété qu'il ne se souviendra de rien. Il devait être complètement soûl et gelé comme une balle.

Alberto Secatto poussa un long soupir. Pourquoi avait-on confié cette exécution à DVD? Parce que Rafaele était alors à Long Island. Parce que Marco était mort le mois précédent. Parce que rien n'était simple, ces derniers temps. À commencer par sa maudite voisine, à la campagne, qui était venue se plaindre le matin même du bruit occasionné par les chiens qui aboyaient des heures durant.

— Ne croyez pas que je n'aime pas les bêtes, je les adore, avait-elle dit. J'ai moi-même un dalmatien. Ce que je vous propose, c'est d'emmener vos chiens chez moi quand vous retournez en ville pour la journée. Ils joueront avec Arlequin. Au lieu de rester enfermés à japper, ils s'amuseront chez nous. Tout le monde sera content. Ce sont des mâles ou des femelles? Remarquez, ça ne change rien, Arlequin s'entend avec tous les toutous.

Alberto Secatto s'était dit qu'il aurait dû acheter aussi la maison d'été de la voisine quand il s'était installé sur le bord du lac Vert. Il était sûr qu'il aurait enfin la paix, loin de sa femme et de sa fille qui jugeaient les lieux trop rustiques, trop éloignés de l'animation urbaine. Quand il leur avait fait visiter ce havre de paix, il avait tout de suite compris qu'elles le détestaient autant qu'il l'avait souhaité. Et il avait refusé qu'Emilia décore l'endroit. Il lui laissait leur résidence pour montrer ses talents et il gardait le chalet pour lui sans rien y changer. Hormis l'ajout d'éléments de sécurité dont s'était chargé Rafaele.

— J'ai fini par me débarrasser du cadavre de Rignatti dans le fleuve, mais l'été, c'est un maudit problème, il fait clair de bonne heure. Il y avait déjà des pêcheurs qui arrivaient au moment où je repartais. À quatre heures du matin!

— Eux aussi t'ont vu? aboya Alberto Secatto.

— Non, non, c'est sûr que non.

— Le vrai problème, fit Michaël Arpin, c'est le gamin. Et le fait que Rignatti ne pourra plus blanchir d'argent pour nous. C'est vraiment dommage qu'il ait été trop gourmand. Mais on n'avait pas le choix.

— Même si le garçon raconte qu'il m'a vu, ça ne changera rien. J'ai détruit les bandes vidéo du bar. Et je te répète qu'il tenait à peine sur ses jambes.

— On verra, dit Michaël. En attendant…

— Je surveille le restaurant?

— Oui, ce serait embêtant que la veuve de Rignatti fasse de la place à ses frères, dit Michaël Arpin.

— Les Vitale n'ont pas à mettre les pieds là, renchérit Secatto. On ne va rien changer pour l'instant. J'aime bien l'aquarium géant. Te souviens-tu du soir où t'as pêché les homards avec tes mains pour les faire courser sur le plancher de la piste de danse? J'avais misé sur le bon!

DVD se mit à rire, soulagé par la tournure que prenaient les choses : si le patron plaisantait avec lui, c'est que les conséquences de l'incident ne seraient pas trop lourdes.

— Le mien était le plus gros, je pensais qu'il arriverait le premier.

Arpin congédia DVD d'un simple geste de la main droite et ce dernier s'éloigna après avoir respectueusement salué Alberto Secatto, qui le suivit du regard jusqu'à la porte du salon.

— Rafaele devra s'occuper de DVD, soupira-t-il. Il ne prend pas assez de précautions.

— Oui. Maudite journée, marmonna Michaël.

— Et je ne t'ai pas parlé de la voisine qui est venue se mêler de mes affaires ce matin, au chalet, avant que je rentre en ville.

— Je pensais que tu étais content de ta maison de campagne?

— Je vais l'être de nouveau, tu peux te fier sur moi. Ce n'est pas cette Claude Gauthier Poulin qui va m'emmerder avec ses histoires de chiens. Même si c'est vrai qu'ils jappent tout le temps…

— Je t'avais dit qu'il fallait les faire dresser.

— Je vais m'en débarrasser et acheter de vrais chiens de garde qui n'aboieront pas pour n'importe quoi. Je veux avoir la paix quand je suis à la campagne! J'aime vraiment ce coin-là. Même s'il n'y a pas de bons restaurants aux alentours.

— Tu t'es trop habitué à Carte Noire.

— Tu viendras avec moi, la prochaine fois. Tu verras que le risotto de Guido est aussi bon que celui de Francesco. Je dirais même meilleur. As-tu trouvé qui s'occupe de ce resto?

— Personne.

— Personne? Personne ne prend sa cote? Pas de dope? Quelqu'un pourrait profiter des livraisons qui viennent d'un peu partout.

— Oui, convint Arpin. Des liens avec l'Asie, c'est toujours bon.

— Je sais, j'ai goûté du bœuf importé du Japon, aussi riche que du foie gras, fit Secatto en salivant.

— Je suppose que personne ne s'est mêlé des affaires de Carte Noire à cause du juge Ellis qui était là trois fois par semaine. Un juge à la criminelle. Avec des collègues.

— On a déjà acheté des avocats, des juges, des policiers, objecta Secatto.

— De toute façon, Roland Ellis s'est noyé l'été dernier.

— Tu es certain qu'il n'y a vraiment personne qui s'est chargé de la protection de Carte Noire?

— Pas pour l'instant.

— Il faut que ça reste comme ça. Je veux avoir la paix quand j'y vais. Je ne veux pas de mauvaises surprises. Je sais bien que Tony Vitale est toujours détenu à Rivière-des-Prairies, mais il a un fils, Marco, et des amis qui pourraient s'intéresser à ce resto.

— Ce n'est tout de même pas ton quartier général…

— Tu viens de me dire que personne ne s'occupe de Carte Noire, le coupa Secatto. Demande à Pelletier de laisser un de ses messages favoris à Guido Botterini. On verra comment il réagit. S'il panique. On doit le déstabiliser.

— Pour qu'il se tourne vers toi pour l'aider?

— Pourquoi pas?

— Ça signifiera qu'il s'est informé sur toi. C'est ce que tu veux?

— Ce que je veux, c'est que Carte Noire me soit réservé, que je puisse y venir en toute quiétude, comme un simple client.

Michaël Arpin se retint de lever les yeux au ciel. Son patron, un simple client? C'était un oxymore. Secatto aimait se faire remarquer partout où il allait. C'était inévitable de toute manière, avec un tel poids. Combien pouvait-il peser? Cent cinquante, cent soixante kilos? Arpin était même prêt à parier que son patron appréciait son surnom, le Mammouth…

— Je vais charger Georges Pelletier de livrer la marchandise, puis de discuter avec Botterini.

— Et Rafaele s'occupera de DVD, soupira Secatto. Un témoin, des pêcheurs qui l'ont vu se débarrasser du cadavre… Qu'est-ce qu'il avait dans la tête? De la coke? On ne peut plus se fier à lui. Avec la chance qu'on a, le corps doit avoir échoué sur la grève. DVD n'a pas pu le larguer assez loin à cause des pêcheurs. Il suait en nous racontant sa nuit.

— C'est n'importe quoi! conclut Michaël Arpin. Les jeunes d'aujourd'hui…

— Ne dis pas ça, Rafaele est fiable. Qui aurait pu remplacer Ange à mes côtés, sinon mon neveu?

— Je l'admets. Tu es entre bonnes mains. Tous les renseignements que j'ai accumulés sur lui depuis des mois sont rassurants.

— Il est sérieux, presque trop. Il a toujours été comme ça, parlant peu, restant dans son coin. Dans les réunions de famille, il jouait avec Sissi et les autres cousins pendant un petit bout de temps, mais ça ne durait jamais longtemps. Il retournait à ses mécanismes. Il avait toujours quelque chose à démonter. C'est le seul truc qui l'amusait. Il est maniaque…

— C'est un perfectionniste, ne t'en plains pas. Il vérifie toujours tout.

— Tant mieux. Mais c'est aussi le problème avec lui, c'est un robot. On ne l'entend jamais rire. Tout le contraire de son père. Mon frère et moi, on s'est toujours ressemblés là-dessus. C'est à se demander d'où vient Rafaele!

Alberto se reprit aussitôt, il ne voulait pas dire que son neveu n'était pas le fils de Livio.

— Maria n'aurait jamais trompé son mari. C'est juste que Rafaele est bizarre. Mais il est sûr, et c'est tout ce qui compte pour nous.

— Il a fait ses preuves, confirma Arpin.

— Si je comprends bien, mademoiselle, vous pensez qu'on a volé les bijoux de votre grand-mère? dit Marie-Josée Bélanger.

— Oui. Un long sautoir de perles. J'ai cherché partout sans rien trouver. Ça vaut au moins dix mille dollars.

— Vraiment?

— Elle le rangeait toujours dans son coffre en velours, sur sa commode. Je l'ai toujours vu là.

— C'était quand, la dernière fois?

Justine Langelier avait hésité avant de répondre, mais avait choisi de dire la vérité. De toute manière, si cette policière se rendait à la résidence où habitait sa grand-mère, elle saurait qu'elle n'y était pas allée très souvent.

— Votre grand-mère peut l'avoir donné à cette femme ou à une autre amie sans vous en parler, avança Marie-Josée Bélanger. Étiez-vous si proches pour qu'elle vous raconte beaucoup de choses?

Justine haussa les épaules.

— Je suis certaine qu'elle ne l'a pas donné! Elle m'avait promis que ce serait moi qui aurais tous ses bijoux.

— Ce n'était pas écrit dans le testament, d'après ce que vous m'avez dit tantôt.

— Oui, mais…

— Je comprends votre déception, mais vous n'avez aucune preuve de ce que vous affirmez.

— Je suis certaine que c'est l'infirmière qui l'a volé.

— Mais encore là, c'est une hypothèse.

Marie-Josée Bélanger esquissa un sourire poli en se demandant quand on lui confierait enfin une affaire vraiment intéressante. Depuis qu'elle avait été mutée à ce poste, elle avait l'impression de végéter. Elle irait pourtant rencontrer des vieillards, histoire de sortir du bureau.

— Savez-vous ce que je vais faire? Me rendre à la résidence et discuter un peu avec les gens qui s'occupaient de votre grand-mère, les membres du personnel, ses voisines, ses amies.

— Je suis certaine de ce que j'avance. Je veux savoir ce qui s'est passé, répéta Justine avec conviction avant de quitter le poste de police.

Mais en attendant l'autobus au coin de la rue voisine, cette belle assurance l'avait déjà quittée. La policière avait raison, elle n'avait aucune preuve. Elle aurait dû prendre les bijoux avant qu'une autre s'en charge! Elle avait toujours eu trop de scrupules et voilà qu'elle devait se déplacer en autobus, car elle n'avait pas l'argent pour faire réparer sa voiture. Alors que si elle avait vendu le sautoir... Elle serra les poings en rageant: que pouvait-elle faire pour que cette Violette le lui rende?

— Tu es certain de ce que tu dis? demanda le sergent-détective Mark Kirkland à Francesco Zambito. DVD aurait tué Rignatti?

— On avait une source dans la place, Massimo Tosi. Il a vu DVD arriver un peu avant minuit. Quand il est parti, DVD, Rignatti et Desnoyers étaient toujours ensemble.

— Pourquoi Tosi est-il parti? demanda Vincent Fournier.

— Parce que Marco Vitale lui a demandé de le suivre. Il n'avait pas trop le choix.

— Donc ta source n'a pas la preuve que DVD a tué Rignatti.

— Non, mais personne n'a revu Rignatti depuis hier.

— Pourquoi Secatto aurait-il commandité le meurtre de Rignatti? explosa Fournier. Ça ne tient pas debout! Son restaurant leur sert à blanchir de l'argent. Combien de fois l'a t-on rénové? Combien de tableaux ont été achetés par Rignatti? C'est le festival de la fausse facturation!

— D'après Tosi, Rignatti trouvait que son pourcentage n'était pas assez élevé. Et il y a toujours eu des problèmes entre les familles Secatto et Vitale. Rignatti était marié à Giovanna Vitale. Il était toujours coincé entre les deux familles. Secatto n'était jamais certain de sa loyauté. Les frères de la femme de Rignatti vont sûrement réagir.

Fournier tapa du poing sur son bureau. Toutes ces preuves accumulées contre Rignatti ne serviraient à rien, n'aboutiraient pas à cette arrestation qu'il avait tant espérée. Il ne leur raconterait rien en échange d'une remise de peine, s'il avait vraiment été exécuté.

— Ne lâchez pas DVD, dit-il au sergent-détective Kirkland et à l'enquêteur Zambito. Ni Secatto.

— On l'a vu trois fois chez Carte Noire, ces derniers jours. Un restaurant chic. Le chef est italien, un certain Guido Botterini. Inconnu de nos services. Pas de casier. Né ici de parents italiens, il a étudié en Italie, en France et à New York. Il paraît qu'on mange divinement chez Carte Noire, affirma Zambito. Mais le plus intéressant, c'est que ce resto a eu l'an dernier la visite de deux enquêteurs du SPVM.

— Qu'est-ce que les gars de Montréal ont à voir avec Carte Noire? s'étonna Fournier.

— Un de leurs plus fidèles clients, le juge Roland Ellis, est mort noyé dans sa piscine.

— Et…

— Rien n'a été prouvé… mais la petite copine du juge est décédée environ une semaine après sa mort. Curieux, non?

Fournier hocha la tête.

— J'irai faire un tour chez Carte Noire, ce soir, fit Kirkland.

Le sergent-détective de la Sûreté du Québec fut désagréablement surpris, trois heures plus tard, d'apprendre que le restaurant affichait complet pour la soirée. Et pour la semaine à venir. Mais il retrouva le sourire avant la fin de la journée lorsqu'on l'avisa qu'un pêcheur avait découvert un cadavre sur la grève près du port. Mal emballé dans une bâche, avec une balle dans la tête.

Montréal, 10 juillet 2014

Louise vérifiait les factures de la semaine quand Guido revint de la poissonnerie, l'air radieux.

— J'ai bien fait d'y aller si tôt! J'ai des rougets splendides! Des pétoncles princesse tellement frais! On les mangerait tels quels!

— Les clients préfèrent tout de même que tu leur apportes ta touche personnelle, dit Louise en souriant à l'enthousiasme jamais démenti de Guido.

— J'ai repensé au menu pour le carnaval des Secatto. Je vais m'inspirer des recettes de ma *zia* Donnatella. Elle habite toujours à Venise et c'est la meilleure chef du Dorsoduro.

— Tu es certain qu'on doit accepter ce contrat? On peut encore changer d'idée. Je n'aime pas ce Secatto.

— Ce qu'il est prêt à payer pour son carnaval devrait pourtant t'aider à lui sourire. Il a déjà fait un dépôt de plusieurs milliers de dollars.

— Ça ne t'inquiète pas qu'il débourse autant d'argent?

— Ce n'est pas notre premier client aussi fortuné…

— Mais il vient toujours avec un garde du corps. Et s'il faisait partie de la mafia?

— Tu as des préjugés parce qu'il est italien, s'insurgea Guido.

— Peut-être. Mais je comprends que ce défi te plaît. Le sujet imposé?

— J'avoue que le Carnaval m'inspire! s'enthousiasma Guido. Et je dis Carnaval avec un grand C! Je veux créer cette magie que j'ai vécue en allant visiter ma tante durant ces festivités. C'est unique, merveilleux… Je vais représenter chaque *sestiere* de Venise par un plat classique mais revisité.

— *Sestiere*?

— Chaque quartier. Pour San Polo, une friture de poisson car le marché du Rialto se trouve dans ce quartier. Pour Santa Croce, de la pieuvre parce que la *questure* est là, et pour le Dorsoduro, je vais revoir le catalogue des œuvres du musée Guggenheim. Pour San Marco, les mosaïques de la Basilica. Pour Cannaregio, je songe au ghetto, ça me permettra d'utiliser des épices de la cuisine juive. Et pour le Castello, j'emprunterai peut-être une idée au Danieli. C'est dommage qu'il n'ait plus autant de classe maintenant, avec cet orchestre planté au milieu du bar, mais ça reste…

— Un des plus beaux palaces de l'Italie, fit Louise. Je constate que tu as beaucoup avancé dans ce projet. Qu'est-ce que tu feras du Lido ? Une plage ?

— Exactement, une plage de sel où je coucherai des langoustines, des crevettes géantes, des oursins, des coquilles Saint-Jacques… La mer, quoi ! Il y a assez de place dans la salle de réception des Secatto pour bâtir un vrai carré de sable.

— Tu as peu de temps…

— Tu as le budget pour engager qui tu veux pour me seconder. J'aurai besoin de deux sous-chefs et d'une brigade solide. Ça me surprend que tu sois si frileuse, c'est pourtant Judith qui a envoyé le *signor* Secatto ici. Et sa femme Emilia est une excellente cliente : elle est revenue trois fois avec des amies. Hier, elles ont bu du champagne toute la soirée. As-tu vu les factures ?

— C'est toi, le chef.

— Ce projet m'inspire tellement !

Guido sourit à Louise en fouillant dans la poche de sa veste noire. Il déplia une feuille sur laquelle il avait dessiné le plan des quartiers de Venise qu'il mettrait en valeur. Il désigna la table où se trouveraient les assiettes, fit courir son doigt d'un îlot à un autre, là, la plage de crustacés, ici, le gâteau qui aurait la forme de l'Arsenal, puis les bancs de poissons, cinq variétés, les carpaccios en clin d'œil au Harry's Bar et les desserts aux motifs de dentelle pour rappeler le charme rococo du Café Florian.

— Tu es convaincant, admit Louise. Mais en attendant, on a les services de traiteur du Musée des beaux-arts et de la Chambre de commerce à assurer cette semaine.

Guido sifflota quelques notes de la *Norma* avant de replier le plan et de le ranger dans sa poche.

— Violette a trouvé ça très original. Elle a vu tout de suite le défi que représenteront les *gelati*. Il faut vraiment s'assurer de la constance de la réfrigération. Les parfums ne devront jamais se mélanger.

— Tu as revu Violette ?

— Oui, je prends mon temps, mais j'apprécie qu'elle comprenne les contraintes de mon horaire. En tant qu'infirmière, elle a aussi des heures de travail qui sont différentes de celles d'un fonctionnaire. Elle ne me reproche pas de sortir des cuisines à minuit.

Louise se retint de faire remarquer à Guido que ce serait tout de même le comble qu'une fille qu'il ne connaissait pas un mois plus tôt critique son emploi du temps. Elle avait toujours respecté un principe : ne pas se mêler de la vie privée des gens. L'ennui, c'est que Dorothée avait présenté Violette à Guido, et Louise n'avait aucune confiance en son jugement. Si Guido tombait amoureux de Violette et qu'elle le décevait comme l'avait fait Heather, il sombrerait de nouveau dans la mélancolie et cette humeur ne valait rien pour la renommée de Carte Noire. Louise voulait un chef heureux et en forme.

— Ses patients ont de la chance, continuait Guido, elle est tellement attentionnée. Elle leur apporte des petites douceurs, leur fait du sucre à la crème, des biscuits à la mélasse, des gâteaux. Connais-tu beaucoup d'infirmières aussi dévouées ?

— Je ne suis jamais malade. Je ne connais aucune infirmière, aucun médecin, seulement un formidable vétérinaire et c'est très bien ainsi.

— Ton fameux Dr Jobin?

— Il est merveilleux avec les animaux. Il vient d'opérer Freya, une extraction dentaire, et tout s'est bien passé. Elle est un peu abattue… Mais peut-être qu'elle boude un peu.

— Elle te manipule! la taquina Guido. C'est elle, la vraie maîtresse de maison.

Louise acquiesça: comment le contredire? Elle habitait chez ses chats et rien ne pouvait lui plaire davantage.

— Je pense que Mélissa commence à te ressembler, continua Guido.

— Mélissa?

— Elle est aussi folle des chats que toi. Tu ne lui as pas parlé depuis que tu es arrivée?

— Non, je suis allée directement dans mon bureau. Qu'est-ce qui se passe? Elle n'a pas de chat, elle s'intéresse aux insectes.

— Sa voisine a un minet qui a disparu. Il semble que plusieurs matous se sont volatilisés dans Hochelaga, son quartier. Mélissa est persuadée qu'un maniaque les enlève.

— C'est déjà arrivé, rétorqua Louise. Un homme en Suisse en a kidnappé plus d'une cinquantaine. Il faisait des chapeaux avec leur fourrure!

— Tu ne vas pas l'encourager dans cette voie-là! protesta Guido. Je ne veux pas qu'elle en parle à Violette. Son chat est mort récemment.

— Vraiment?

— Ce n'est pas un bon mois pour les matous, on dirait. Est-ce que la commande de la boucherie est arrivée?

Louise hocha la tête tout en se promettant d'interroger Mélissa. Il fallait qu'elle se trompe: imaginer qu'un sadique écumait les rues de Montréal lui glaçait le sang. Combien de chats avaient disparu? Depuis combien de temps? Louise tenta de se rassurer en se disant qu'il y a toujours des bêtes qui se perdent lors des déménagements de juin et de juillet. Il y avait toujours beaucoup plus d'annonces à l'animalerie à cette période de l'année. Mélissa devait s'inquiéter pour rien…

* * *

Simon-Olivier Jobin tendit l'oreille, croyant avoir entendu le bruit d'un moteur et de la musique. Est-ce que son père rentrait plus tôt que prévu? Non, ce n'était pas le genre de musique qu'il aurait écoutée. Il s'avança vers la fenêtre, sourit en reconnaissant la Passat de leur voisine, la vit en sortir, laisser les portes ouvertes pour y prendre des sacs d'épicerie.

Il revint vers le dernier tiroir de la commode, l'ouvrit d'un geste brusque: il avait besoin d'un bracelet ou d'un collier, n'importe quoi qui lui permettrait d'emprunter du liquide. Cinq cents ou même quatre cents dollars le tireraient d'affaire. Il irait au casino et se renflouerait. Il ne pouvait pas encore perdre, la chance lui sourirait. On était le 10 juillet, il était né un 10 octobre, il avait déjà gagné dix mille dollars un 10 avril. C'était vraiment son chiffre chanceux. Ce soir, il pourrait rembourser son créancier.

Il examina le contenu du tiroir: il y avait un tas de bijoux de fantaisie. C'était impossible! Il fallait de l'or! De l'argent! Il devait quinze mille dollars à Georges Pelletier. Il lui avait juré qu'il le rembourserait la veille. Il regarda à nouveau le contenu du tiroir, poussa un cri de victoire en découvrant une bague sertie d'une perle. Il pourrait sûrement en tirer quelque chose. Il essuya la sueur sur son front; la récolte n'était pas fameuse, mais c'était mieux que rien. Il glissa la bague dans la poche de son jean et allait se redresser quand il entendit son nom.

— Simon? Qu'est-ce que tu fais là?

La musique de la voisine! Elle l'avait empêché d'entendre son père rentrer!

— Rien. Je cherchais quelque chose.

— Quelque chose?

La voix du Dr Jobin était empreinte de tristesse.

— C'est rien.

— Je suppose donc qu'il n'y a rien dans tes poches.

— Tu n'as pas le droit de dire ça!

— Viens par ici!

— Laisse-moi tranquille. Je n'ai plus dix ans!

— Non, tu en as presque trente, mais tu te conduis comme un ado. Ça ne peut pas continuer, tu as besoin d'aide!

— C'est toi qui dis ça? ricana Simon-Olivier. Alors que tu ne veux pas me prêter d'argent?

— Je t'en ai déjà donné assez! Tu nous avais promis d'arrêter!

— Tu n'as pas le droit de me dire quoi faire!

— Tu n'as pas le droit de nous voler. Je t'ai vu prendre la bague. Une bague qui appartient à ta mère.

— C'est juste un emprunt. Je vais la rapporter…

— Non, tu vas me la rendre maintenant, déclara Pascal Jobin en tendant la main.

Simon-Olivier repoussa la main de son père, mais celui-ci l'attrapa par les épaules et tenta de le faire reculer vers le mur. Simon-Olivier lui échappa et le projeta avec une force étonnante. Le Dr Jobin sentit l'arrête de la commode en acajou contre sa hanche, tenta de se retenir mais n'attrapa que le pied d'une lampe, perdit l'équilibre et s'affala sur le tapis de Turquie dans un fracas de verre brisé. Il vit l'abat-jour rouler vers le fond de la pièce, entendit son fils dévaler l'escalier, la porte arrière de la maison claquer, puis les battements frénétiques de son cœur. Il pensa que c'était une bonne chose que sa femme soit partie à Barcelone avec sa sœur, mais qu'elle lui poserait sûrement des questions sur l'absence de la lampe à son retour. Et que probablement rien d'encourageant ne se passerait d'ici là pour atténuer le récit de cet affrontement avec leur fils.

C'était la première fois que Simon-Olivier et lui en venaient aux mains. Il avait besoin d'aide. Ils avaient besoin d'aide.

Pascal Jobin vit les oreilles de Socrate pointer en haut des marches de l'escalier. Le tonkinois s'avança précautionneusement vers son maître d'un air interrogateur. Est-ce que tout ce tapage était fini ? Jobin tendit une main tremblante vers son chat et lui dit que les animaux étaient décidément bien plus sages que les humains.

Montréal, 11 juillet 2014

Tandis que Freya faisait sa toilette dans le soleil de l'après-midi, Louise s'interrogeait sur l'appel de Judith avec une certaine appréhension. Qu'avait-elle de si important à lui révéler qu'elle ne pouvait lui dire au téléphone? Il ne pouvait tout de même pas y avoir de nouveaux développements dans l'affaire Ellis. Alors quoi? Louise s'approcha de Freya, lui gratta la tête et le cou, se réjouit que la siamoise ronronne aussitôt; elle semblait bien se rétablir de l'extraction de sa molaire, malgré son âge avancé. Contrairement au Dr Jobin qui, lui, n'avait vraiment pas l'air bien quand elle l'avait vu lorsqu'elle était passée à la clinique.

Tandis que Louise déplorait que Freya boude les croquettes qui auraient pu contribuer à une meilleure hygiène buccale, elle avait noté les cernes autour des yeux du vétérinaire et sa grimace de douleur quand il s'était penché pour empêcher Freya de s'échapper de la table d'examen.

— Vous vous êtes fait mal?

— Non, ce n'est rien. L'âge…

Louise avait protesté; il n'était pas vieux! Elle ne voulait surtout pas entendre le Dr Jobin parler d'une éventuelle retraite. Elle s'étonna de poser une main compatissante sur son épaule, la retira aussitôt, mais lui sourit en l'invitant à venir souper chez Carte Noire.

— Je voulais vous offrir cette soirée quand vous avez sauvé mon Saphir, mais vous avez dû quitter rapidement la clinique et voilà, je vous invite maintenant. Avec votre épouse, bien sûr. Je serais ravie de pouvoir ainsi vous remercier.

— C'est gentil, mais mon épouse est en Espagne actuellement.

— À son retour, alors?

Le vétérinaire avait acquiescé, mais Louise avait bien vu qu'il pensait à autre chose qu'à une soirée grandiose chez Carte Noire. Elle se demandait toujours s'il était malade quand elle était rentrée chez elle avec Freya. Et elle y pensait encore maintenant. Elle tenta de se raisonner : si le Dr Jobin était gravement atteint, il aurait cessé de travailler. C'était donc autre chose qui le rongeait. Mais quoi ?

Les oiseaux s'en donnaient à cœur joie dans l'olivier de Bohème planté devant l'immeuble où habitait Louise et elle songea que toute cette activité plairait bien à Saphir. La floraison était finie, les effluves de miel avaient disparu et Louise le regretta. Elle aimait respirer cette odeur qu'elle retrouvait dans les grands bourgognes blancs. Guido la taquinait souvent sur son indéfectible fidélité au chardonnay, mais comment ne pas adorer les Saint-Aubin, les Puligny-Montrachet, les meursault ? Lui avait un faible pour les vins siciliens et il les mettrait sûrement à l'honneur pour la soirée chez les Secatto. Il semblait avoir vraiment du plaisir à imaginer ce fameux carnaval et son enthousiasme avait fini par vaincre les réticences de Louise.

Elle ne s'attendait donc pas à revenir à ses premières impressions à la vitesse grand V quand elle rejoignit Judith Ellis au bar du Ritz, que celle-ci fréquentait assidûment. Judith avait déjà bu la moitié de son verre de champagne lorsque Louise se cala dans un fauteuil.

— Qu'est-ce qui se passe ?

— Commandons d'abord un verre. Tu vas en avoir besoin ! Tu vas me détester, mais je ne pouvais pas savoir que Secatto était une telle ordure !

Judith termina d'un trait le Deutz et en redemanda. Louise l'imita mais n'attendit pas le retour du serveur avant de questionner Judith. Avait-elle bien prononcé le nom de Secatto ?

— Quel est le problème ?

— Je ne lui aurais jamais fait connaître Carte Noire si j'avais su quel sale type c'était. En le voyant si affable, si généreux, au conseil d'administration de l'opéra, je ne pouvais soupçonner que c'était un tortionnaire.

— Un tortionnaire?

— Tu te souviens de mon amie Claude Gauthier Poulin? Je suis déjà allée avec elle chez Carte Noire…

— Une grande blonde qui aime la nature? Elle a un chien, c'est ça?

— Oui, un beau dalmatien qu'elle aime de tout son cœur, autant que tu aimes Freya et Saphir.

— Que lui est-il arrivé?

— À elle et à son chien, rien. Mais les chiens de son voisin ont été abattus.

— Quoi?

— Le voisin de Claude n'est nul autre qu'Alberto Secatto. Il laissait souvent ses chiens à sa maison de campagne et ils hurlaient pendant des heures. Alors Claude lui a gentiment proposé de les emmener chez elle afin qu'ils s'amusent avec son Arlequin. Elle était prête à les garder des journées entières dans sa cour, mais Secatto a préféré les faire abattre. Claude a entendu les coups de feu et, à travers la haie, elle a vu un homme transporter les corps au bout du terrain et les enterrer. C'est dégueulasse! Je ne sais pas comment je vais parvenir à conserver mon calme quand je le reverrai au conseil d'administration. Mais plus question que je soupe en même temps que lui chez Carte Noire. Je suis vraiment navrée, tu l'as comme client maintenant…

Louise eut l'impression que le sang circulait moins vite dans ses veines, qu'il se refroidissait.

— Secatto aime le pouvoir à outrance, ajouta Judith. Au lieu de penser au bonheur de ses chiens, il a voulu montrer à

Claude qu'il contrôlait tout. J'ai hésité avant de te raconter ça, mais…

— Tu as bien fait, la coupa Louise. C'est toujours mieux de savoir avec qui on fait des affaires…

Judith tressaillit en voyant un sourire étrange se dessiner sur le visage de Louise, mais livra néanmoins le fond de sa pensée.

— J'avais peur que Secatto soit un assassin, mais j'ai cherché dans les carnets de mon ex et je n'ai rien trouvé sur lui. Il n'est jamais passé en cour.

— Je suppose qu'il n'aurait pas été accepté pour siéger au conseil d'administration de l'opéra s'il avait un dossier criminel.

Judith but une gorgée de champagne avant de répéter qu'elle plaignait Claude d'avoir un tel voisin et qu'elle regrettait de lui avoir parlé de Carte Noire.

— Ne t'en fais pas avec ça, Judith, dit Louise en appréciant la finesse des bulles du Deutz, son goût suave d'angélique. Ne t'en fais vraiment pas…

Guido Botterini effleura la joue de Violette Cartier avant de s'attarder sur sa nuque, où frisaient ses cheveux de ce blond vénitien qu'il aimait tant.

— Ça va mieux? lui demanda-t-il. Bois encore un peu d'eau.

— Il fait si chaud!

— Trop chaud. Et pas assez de pluie. J'espérais qu'on aurait une meilleure récolte…

Violette prit son visage dans ses mains, l'attira vers le sien et assura Guido, avant de l'embrasser, que cette journée était magique, que tout était parfait. Il hocha la tête: il n'avait pas réussi à oublier un seul instant sa rencontre avec Georges Pelletier deux jours auparavant.

Au tout début, il n'avait pas compris pourquoi cet homme l'abordait alors qu'il rentrait chez lui, mais Pelletier lui avait expliqué qu'il connaissait l'excellente réputation de Carte Noire, un magnifique restaurant qui méritait une certaine protection. Au mot « protection », Guido Botterini avait frémi malgré lui, ce qui n'avait pas échappé à son interlocuteur, qui lui avait souri.

— Je pense que nous nous comprenons parfaitement.

— Ce n'est pas si simple, avait tenté de protester Guido. Nous sommes trois associés, dont un qui est absent pour les deux prochains mois.

— Vous trouverez bien une façon de leur expliquer leur intérêt à faire des affaires avec nous. Je suis bon prince, je vous laisse un peu de temps pour préparer le terrain. Peut-être qu'ils n'ont pas besoin d'être au courant… À vous de voir.

— Mais je ne peux pas leur mentir…

— Mais si, on peut. Crois-en mon expérience.

Le passage au tutoiement et le ton glacé avaient convaincu Guido qu'il aurait des ennuis avec Pelletier. Mais pourquoi celui-ci s'intéressait-il soudainement à lui?

— Pourquoi Carte Noire? Pourquoi aujourd'hui?

— Pourquoi poser tant de questions quand tu n'as qu'à faire ce que je te dis de faire?

La main de Violette dans son dos tira Guido de ses inquiétantes réflexions.

— Tu as l'air préoccupé tout à coup, dit-elle.

— J'aurais voulu une meilleure cueillette!

— On reviendra pour les champignons une autre fois.

— De toute façon, j'ai la plus belle des fleurs à côté de moi.

— Tu es trop gentil! Si tu savais comme ça me fait du bien de me changer les idées. Travailler avec des personnes âgées veut dire qu'on peut les perdre plus vite qu'on le souhaiterait. On crée des liens et puis voilà que ces gens disparaissent… Parfois, je me dis que j'aurais dû rester à l'hôpital. J'allais à l'étage de l'obstétrique pour voir les bébés. Ça me réconfortait de les regarder, si vivants.

— Tu es trop sensible. Mais ce n'est surtout pas un reproche!

— Tu me comprends parce que tu es un artiste… Tes plans pour le carnaval sont impressionnants! J'essaie d'imaginer tous ces îlots où il y aura des échafaudages de plats, ça me paraît très difficile à réaliser.

— Je prendrai des photos, promis! Je te dirais bien de m'accompagner, mais je n'aurai pas une minute à te consacrer. Diriger la brigade exigera toute mon attention. Si tu es là, je serai distrait…

— Mais je pourrai tout de même goûter à ce gâteau que tu crées pour l'événement?

— L'Arsenal? Oui… si j'arrive à le réussir. Pour l'instant, je ne suis pas satisfait de la texture.

— Mais c'est tellement bon!

— Il faut aussi que ce soit beau.

— C'est vrai que M. Secatto vit dans un château?

Guido haussa les épaules: un château? Non, c'était exagéré, mais sa résidence était néanmoins très imposante: court de tennis, piscines intérieure et extérieure, immense jardin et surtout, une vaste cuisine.

— Nous aurons de la place pour travailler et tout disposer correctement. Je n'aurais pas accepté le contrat si je n'avais pas vu la cuisine. Il y aura des vigiles en permanence, mais on ne devrait pas être trop gênés.

— Des vigiles?

— Je suppose que c'est pour protéger les objets de valeur, mentit Guido.

— Ton client a peur que tes employés partent avec l'argenterie? s'esclaffa Violette.

— Je ne sais pas. Mais il y aura tellement de monde... c'est juste une mesure de sécurité.

— Ton Secatto doit connaître des tas de gens importants. Peut-être qu'il y aura des vedettes?

— Je l'ignore. M. Secatto n'est pas notre client depuis très longtemps. Je sais qu'il aime les chanteurs d'opéra. C'est un généreux mécène.

— J'espère qu'il sera aussi généreux avec toi. Tu es un artiste au même titre qu'un musicien.

Guido prit la main de Violette et en baisa la paume avant de serrer la jeune femme contre lui. La fougue avec laquelle elle répondit à ses baisers lui fit oublier les défis que lui posait la réalisation de l'Arsenal. Il s'efforça de chasser de son esprit le sourire menaçant de Georges Pelletier. Il devrait pourtant en parler à Louise, à défaut d'en discuter avec des policiers... Il ne pouvait s'empêcher de penser que personne n'avait jamais tenté d'exercer la moindre pression sur lui depuis l'ouverture du restaurant. Que tout s'était parfaitement déroulé jusqu'à ce qu'Alberto Secatto se mette à fréquenter Carte Noire. Secatto, dont se méfiait Louise. Elle avait évoqué la mafia lors d'une précédente conversation… Peut-être existait-il un lien entre Pelletier et Secatto? Souhaitait-il vraiment le savoir?

Pas maintenant! Il s'était trop investi dans le carnaval, il voulait son heure de gloire, éblouir Secatto et ses invités. Et ensuite… Peut-être qu'il discuterait avec lui. Il se rappelait les ennuis qu'avait eus sa tante, pendant un certain temps. Il n'avait pas envie de vivre la même chose.

— Tu me montreras ce champignon mortel qui a un sosie comestible? Je pourrai le reconnaître si je reviens seule faire la cueillette.

— Si ça t'intéresse autant, joins-toi à un club de mycologie. En attendant, je peux te prêter mon livre.

— Tu ne t'es jamais trompé?

— Non, je suis prudent! Mais mon grand-oncle a été très malade pour avoir confondu le coprin noir d'encre avec le coprin chevelu qui, lui, est tout à fait comestible.

— Il s'en est remis?

— Après des mois sans alcool. Le pauvre! Alors qu'il faisait son propre vin! Il faut être très vigilant. Tu feras attention?

— Promis, jura Violette avec sincérité.

Elle allait se plonger dans la lecture du guide avec enthousiasme.

Montréal, 21 juillet 2014

«Comment aurais-je pu passer mon chemin?» se répétait Louise en caressant la tête tigrée d'un minuscule chaton. Comment aurait-elle pu le laisser à l'arrêt d'autobus où un sale égoïste l'avait abandonné dans une boîte de carton sans même un bol d'eau? Il avait écrit *Chat à donner* sur la boîte. Comme s'il s'agissait d'un vieux vêtement! L'imbécile avait eu de la chance que Louise ne l'ait pas vu déposer la boîte sur le banc de l'abribus…

Mais comment expliquerait-elle cela à Freya, qui avait fort peu apprécié l'arrivée de Saphir? Ce dernier, en revanche, serait sûrement content, passé le choc de la première rencontre, d'avoir enfin un compagnon pour jouer. Voilà ce qu'elle dirait à Freya: elle aurait la paix puisque les jeunes s'amuseraient ensemble. Elle pourrait dormir sur son fauteuil préféré sans être dérangée par un gamin qui s'ennuie. Ils se distrairaient mutuellement, Saphir et… Comment allait-elle appeler ce joli tigre qui bavait maintenant dans son cou? Elle le ramena sur sa poitrine, l'examina, notant les nuances fauves de son pelage, la ligne noire qui soulignait ses yeux encore bleutés, ses yeux dont la couleur changerait au cours des prochaines semaines. Seraient-ils amande, émeraude, kaki, céladon ou ambrés, mordorés? Chose certaine, ils l'avaient envoûtée dès qu'elle avait ouvert la boîte d'où provenaient des cris perçants.

Ce jeteur de sort s'appellerait donc Merlin. Et il la détesterait aujourd'hui car elle ne rentrerait pas directement à l'appartement: ils feraient un détour par la clinique vétérinaire, dont elle était une des clientes les plus assidues. Quand elle vivait avec Victor, il trouvait qu'elle s'affolait trop vite, dès qu'un chat avait l'air un peu abattu, mais elle préférait cent fois se déplacer pour voir un vétérinaire que de s'inquiéter à la maison.

— On doit s'assurer que tu n'as pas de puces ou de tiques, dit-elle à Merlin. Freya et Saphir ne nous le pardonneraient pas! Et je vais peut-être devoir t'acheter du lait, tu as été séparé de ta mère trop tôt. Si je tenais le salaud qui…

Elle se mit à rire, chatouillée par les moustaches de Merlin qui tentait de lui mordiller l'oreille gauche. Il était vraiment adorable!

Une heure plus tard, alors qu'elle attendait toujours que le Dr Lamotte voie Merlin qui criait de plus en plus fort, Louise se demandait si le Dr Jobin avait pris des vacances pour le plaisir ou pour se soigner. Elle fréquentait cette clinique depuis son arrivée à Montréal et elle était certaine que son vétérinaire préféré ne l'avait jamais quittée durant l'été. Il partait à Hawaï chaque année, en mars. Que signifiaient ces vacances estivales? Elle secoua la tête, chassa ces questions, surprise de sa curiosité.

Louise consulta son agenda électronique où s'affichaient toutes les informations concernant Carte Noire et constata qu'Alberto Secatto avait réservé une table pour quatre le lendemain. Ce serait l'occasion de l'observer, d'en apprendre un peu plus sur lui. Qui l'accompagnerait? Sa femme? Sa fille? Son garde du corps, évidemment. Ce neveu qui passait ses soirées devant la voiture à l'attendre. Elle l'avait vu à la résidence des Secatto lorsque Guido et elle s'étaient déplacés pour se familiariser avec les lieux, évaluer l'espace de travail en cuisine. Une ombre derrière Secatto, ni trop proche ni trop loin. Quel était son rôle exactement?

Que de questions! Mais tout d'abord, introduire Merlin auprès de Freya et Saphir…

* * *

Violette Cartier souleva le chat gris et s'étonna qu'il semble plus lourd mort que vivant. Elle avait eu cette même impression

77

avec ses précédents cobayes et se demandait si ce phénomène s'étendait aussi aux humains. Probablement. Mme Langelier ou Mlle Sansregret lui auraient paru plus lourdes si elle avait eu à les déplacer. Elle fit glisser le chat dans un sac et le rangea au congélateur. Elle était plutôt insatisfaite des derniers essais : le chat avait mis trop de temps à périr. Ce n'était pas ce qui était prévu, elle devait abréger ces vies d'errance sans souffrance, qu'il s'agisse d'un animal ou d'un être humain. Elle ne voulait pas que les hommes et les femmes qui déambulaient dans la ville en traînant leur misérable carcasse périssent dans la douleur. Au contraire. La délivrance devait être un cadeau…

Elle souhaitait s'en tenir aux poisons offerts par la nature, mais c'était vraiment complexe… Violette avait lu le bouquin prêté par Guido sur les champignons et approfondi ses recherches sur Internet. Elle avait été désagréablement surprise de constater que si les syndromes phalloïdien et orellanien donnaient la mort, le temps requis pour y parvenir était beaucoup trop long : jusqu'à six mois dans le cas d'ingestion de ce champignon qu'on désignait sous le nom de cortinaire… Ça ne convenait pas du tout ! Restaient d'autres espèces, la *gyromitra gigas* ou la *gyromitra esculenta,* dont les symptômes apparaissaient entre deux et cinq jours après l'ingestion et qui finissaient par détruire mortellement le foie. Mais ces fausses morilles pouvaient perdre de leur toxicité si elles étaient cuites. Or, Armand Noël lui avait dit avoir les crudités en horreur, aux funérailles. Elle pourrait peut-être pulvériser à la dernière minute des champignons crus dans un potage chaud pour parvenir à les lui faire ingérer ? Des lectures supplémentaires lui avaient toutefois appris que ces champignons poussaient au Québec entre avril et juin… Trop tard, la récolte était terminée !

Et si elle utilisait plutôt l'if du Canada, qu'elle avait repéré en se documentant sur les plantes toxiques ? On pourrait croire qu'Armand Noël avait confondu cette baie rouge avec une framboise. Ou un grain de grenade. Sauf qu'il ne mangeait sûrement pas de fruits exotiques…

Que tout cela était compliqué! Si seulement elle avait pu utiliser un des médicaments qu'elle trimbalait dans son grand sac! Mais elle avait l'intuition qu'il serait imprudent d'user à nouveau d'un neuroleptique ou de digitaline. Elle n'avait pas oublié les accusations de Justine Langelier, qui l'avait traitée de voleuse. Avant d'ajouter qu'elle était aussi probablement responsable de la mort de Rose Langelier. Violette n'avait pas réagi à ces provocations, mais tout de même…

Violette se lava les mains, puis joua avec les perles du sautoir de Mme Langelier, admirant leur douceur satinée. Elle fit tourner la bague de Mlle Sansregret en évoquant le souvenir de ces deux vieilles patientes.

Elle ouvrit la porte de sa garde-robe; devait-elle porter une robe d'été ou revêtir un uniforme d'infirmière pour aller rencontrer Armand Noël? Elle aurait un peu chaud, mais l'uniforme inspirerait davantage confiance au vieil homme. Et à son fils, s'il était là. Elle devait être parfaite pour cette première visite à domicile. La nurse de rêve! La dévouée Violette qui saurait illuminer les derniers jours d'un homme âgé!

Ses patients avaient de la chance de l'avoir, de connaître des jours si doux, d'être tant dorlotés avant de quitter ce monde. En décidant du meilleur moment pour eux pour disparaître, elle leur évitait tellement de difficultés, d'humiliations et de souffrances. Elle avait un vrai talent pour évaluer les signes d'usure, pour comprendre quand il fallait mettre fin à cette dégradation. Lorsqu'elle passait à l'action, elle ressentait une immense satisfaction à être cet ange salvateur. Elle goûtait les dernières palpitations, les derniers soubresauts, puis la libération de son patient. Elle était la seule à mettre un peu d'ordre dans cette société hypocrite où on forçait les vieillards à étirer leur misérable existence.

Elle espéra ne pas s'être trompée en s'intéressant à Armand Noël : il lui avait appris que son fils vivait à Ottawa et qu'il ne le voyait pas aussi souvent qu'il le souhaitait. Mais que signifiait « souvent » pour Armand ? Chaque semaine ? Chaque mois ? Chaque trimestre ? Chaque année ? Était-ce un fils attentif ou non ? Était-il radin ? Et s'il décidait que les soins à domicile coûtaient trop cher ? Ou s'il était méfiant ? S'il ne se contentait pas de ses lettres de recommandation, mais exigeait qu'elle soit affiliée à une agence de placement ? S'il persuadait son père qu'il n'avait pas vraiment besoin d'une aide à domicile ? Qu'il pouvait vendre la maison pour s'installer dans une résidence pour personnes âgées ?

Violette soupira en souhaitant réussir à gagner l'affection d'Armand Noël.

Elle attacha soigneusement ses longs cheveux, mit une touche de brillant sur ses lèvres, attrapa son sac à main et sortit en se disant qu'elle s'arrêterait à la pharmacie pour acheter de l'eau en aérosol dont elle ferait bénéficier Armand Noël. Quelle douceur, lors des jours de canicule, que cette brume fraîche sur le front ! Il apprécierait sûrement cette attention.

* * *

Lac Vert, 21 juillet 2014

Rafaele Secatto regardait les nouveaux chiens suivre son oncle vers la grève en se demandant s'ils vivraient plus longtemps que leurs prédécesseurs. Leur exécution l'avait dégoûté.

Secatto n'avait même pas pris la peine de lui en parler ; il aurait pu leur trouver un foyer. En arrivant au chalet, la veille, il avait flatté les têtes de Vulcain et de Mars en leur chuchotant qu'il les protégerait, que les jours de Secatto étaient comptés. Puis il avait rejoint celui-ci dans la pièce centrale d'où on pouvait admirer le lac. Son oncle sourit en lui faisant signe d'approcher, lui tapota l'épaule quand il parvint à sa hauteur.

— Tu as bien travaillé, mon neveu.

— J'ai fait ce que je devais faire, c'est tout. Personne ne retrouvera DVD.

— Je ne suis pas inquiet pour ça, je te fais confiance. En revanche, je me demande ce que nous préparent les Vitale.

— Pour l'instant, ils s'occupent de l'enterrement de Rignatti. Il va y avoir du monde ! D'après notre source au pénitencier, il paraît que les cousins américains vont débarquer. Et que Tony Vitale a fait une demande pour une permission spéciale qui lui permettrait d'assister aux funérailles.

— Est-ce qu'il y a des chances pour que ce soit accepté ?

Rafaele haussa les épaules ; comment savoir ? Les décisions prises dans les institutions carcérales lui échappaient. On condamnait des hommes à de lourdes peines pour trafic de drogue, alors qu'un homme qui violait une femme s'en tirait avec quelques années de pénitencier. Des pédophiles étaient relâchés dans la nature, tandis qu'un fraudeur restait en prison.

— Quand on pense aux bavures des libérations conditionnelles, c'est sûr que Vitale a des chances… Je pense qu'ils le laisseront sortir pour avoir une bonne raison de l'accompagner à l'enterrement. Pour voir qui sera là.

— Pour surveiller tout le monde, conclut Secatto. Tu vas y aller pour représenter la famille.

Rafaele inclina la tête en signe d'assentiment avant de se baisser pour flatter Mars.

Montréal, 23 juillet 2014

Mélissa jeta un coup d'œil à sa montre. Elle avait le temps de passer à la pharmacie avant de rejoindre une amie devant la terrasse du Valois, où elles iraient boire un thé glacé après avoir couru, où elles profiteraient du soleil. C'était le seul défaut du nouveau logement de Mélissa, son manque de lumière. Pour le reste, tout lui plaisait. De grandes pièces, des voisins sympathiques, un quartier où elle trouvait tout ce dont elle avait besoin. Et cette liberté dont elle ne se lasserait jamais! Quel soulagement de ne plus avoir à discuter avec sa mère quotidiennement, de ne plus entendre ses mille et une recommandations. N'oublie pas ton casque; mange plus de saumon, c'est bourré d'oméga-3; promets-moi de te faire raccompagner pour rentrer chez toi si tu quittes Carte Noire trop tard; essaie de te reposer; écris ton budget; mets de la crème solaire…

Mélissa se répéta, en poussant la porte de la pharmacie où elle allait précisément acheter une protection solaire, qu'elle ne faisait pas cet achat pour obéir à Dorothée mais parce qu'elle ne voulait pas avoir l'air d'une des clientes du restaurant qui ressemblait à un raisin de Smyrne sec, tant sa peau tannée par le soleil était fripée.

Au moment où elle allait sortir du commerce, elle aperçut Violette de l'autre côté de la rue. Elle battit en retraite. Elle ne voulait surtout pas devoir lui parler; elle avait bien assez de la voir tourner autour de Guido en lui susurrant des compliments de sa voix sucrée. Elle était si agaçante! Elle n'était pas la seule à la trouver énervante; Mélissa était presque certaine qu'elle lassait aussi Louise. Qu'est-ce que sa mère pouvait bien lui trouver? Quand Violette disparut de son champ de vision, Mélissa quitta la pharmacie et se prépara à se diriger vers la place Valois mais, au dernier moment, fit demi-tour pour suivre la jeune femme. Elle avait encore trente minutes devant elle avant que son amie la rejoigne à la terrasse. Elle verrait peut-être où elle habitait? En apprendrait davantage sur elle?

Violette l'entraîna jusqu'au parc Lalancette où elle s'arrêta, posa sa mallette et s'assit sur un banc d'où elle observa les gens qui jouaient avec leurs chiens. Au bout de dix minutes, elle n'avait pas bougé. Puis elle se leva et traversa la rue Bourbonnière pour revenir en direction de la place Valois. Aïe! S'il fallait qu'elle se rende aussi à la terrasse du Valois, très fréquentée en période estivale? Mélissa fut soulagée de la voir entrer chez William J. Walter. Si elle allait acheter des saucisses, ce n'était pas pour les manger ensuite à la terrasse du resto. Elle se prépara à aller rejoindre son amie, mais elle eut le temps de voir Violette donner un bout de croissant au chien qui attendait son maître devant la porte de la boulangerie. Elle s'étonna de la voir examiner le collier du chien. De la voir s'étirer le cou pour voir l'intérieur du commerce. Voir quoi? Pourquoi? Elle s'éloigna brusquement de l'animal et repartit vers le nord.

Mélissa s'assit à la terrasse du Valois en s'interrogeant sur le comportement de Violette, qui semblait beaucoup s'intéresser aux chiens. Ou à leurs maîtres? À *un* maître? À cet homme qui ressemblait à Leonardo DiCaprio qui avait poussé la porte du saucissier? Et Guido? Que faisait-elle de Guido? S'amusait-elle avec lui comme l'avait fait Heather?

* * *

— Je ne devrais pas être ici, Dr Jobin, dit d'un ton embarrassé le sergent Mark Kirkland de la SQ. Cette visite n'est pas légale. Mais vous avez soigné tous mes chiens, et vous avez sauvé Mirza alors qu'on sait qu'une torsion de l'estomac…

— Nous avons eu de la chance.

— On ne peut pas en dire autant de votre fils.

— Mon fils ? répéta Pascal Jobin en sentant les battements de son cœur s'accélérer. Vous l'avez arrêté ?

— Non, non. Mais je l'ai vu au casino. Nous avons soupé chez Nuances pour l'anniversaire de ma belle-mère. On s'est promenés ensuite dans les allées, elle adore les machines à sous. J'ai tout de suite reconnu Simon-Olivier. Il vous ressemble tellement ! Il a ramassé un paquet de jetons à la table de black-jack, puis un type s'est approché de lui et l'a accompagné à la caisse. Ce type-là, on a sa photo au poste. Georges Pelletier travaille pour la gang de Secatto. Ce n'est pas un enfant de chœur. Je ne sais pas comment votre fils l'a connu, mais il ferait mieux de le rayer de sa liste d'amis.

— Qui est ce Secatto ?

— Vous avez peut-être lu son nom dans le journal au moment du dernier scandale dans la construction. On n'a pas encore réussi à prouver ses rackets.

Pascal Jobin fronça les sourcils, redoutant les précisions que lui donnerait Kirkland.

— Rançonnement, blanchiment d'argent, évasion fiscale. C'est d'ailleurs là-dessus qu'on espère le coincer. Comme Al Capone.

— Mon Dieu ! Vous me parlez de la mafia ! Je ne peux pas croire que Simon-Olivier… Je savais qu'il avait besoin d'argent, il passe son temps à chercher à m'en emprunter, mais j'ignorais qu'il se tenait avec ces gens-là !

— Peut-être que Pelletier l'a embarqué dans une gamique de blanchiment au casino ?

— Une gamique de blanchiment ?

— Des individus arrivent au casino avec de l'argent liquide, de l'argent sale, et ils achètent des jetons pour jouer. Ils s'amusent un peu aux tables de black-jack, aux machines, puis reviennent échanger les jetons qu'ils n'ont pas utilisés contre un chèque du casino. Qui, lui, est propre.

— Qu'est-ce que Simon-Olivier vient faire là-dedans?

— Il a peut-être été forcé d'aider Pelletier à changer de l'argent. Ou des devises.

— Des devises?

— Les casinos offrent des services de change de devises pour les clients étrangers. Un individu peut, par exemple, changer de l'argent américain illégal pour du bel argent canadien. Autre hypothèse: votre fils a simplement payé ses dettes à Pelletier. Il faudrait que je discute avec lui.

— Mon Dieu! murmura Pascal Jobin. Qu'est-ce que je vais lui dire?

— Rien de ce dont je viens de vous parler. Je veux le rencontrer afin de juger de son implication.

— Mais s'il est impliqué...

— On verra s'il peut nous aider à coincer Pelletier.

— Vous aider à coincer un bandit? Vous n'y pensez pas! Simon-Olivier n'est pas... Il est trop... Il n'est pas un...

— Il n'est surtout pas dans une position confortable. Ma source l'a vu plusieurs fois au casino avant que moi-même je le reconnaisse.

— Ça ne prouve pas qu'il travaille pour ce Pelletier.

— Non, je vous l'ai dit, il peut lui devoir de l'argent et l'avoir remboursé quand je les ai vus ensemble. Mais ces gens-là ont besoin de monde pour faire leur travail de blanchiment, de gens dont les noms n'apparaissent pas dans nos fichiers.

— Des innocents, murmura le vétérinaire, atterré.

— Innocent? J'aimerais bien vous répondre par l'affirmative, mais Simon-Olivier a aussi été vu avec Rafaele Secatto avant d'entrer au casino. Mardi de la semaine dernière. Rafaele est le neveu d'Alberto Secatto, un mafieux notoire. Il faut que je parle à votre fils rapidement.

— Mais si c'est vrai qu'il connaît ces types-là, c'est dangereux qu'ils vous voient avec lui! Ils le prendront pour un traître!

— Je ne vous dirai pas le contraire, admit l'enquêteur de la SQ. C'est pourquoi je préférerais le rencontrer ailleurs qu'à nos bureaux. Ni chez vous, ni ici. Ce serait imprudent. C'est possible que ces gens-là soient déjà au courant de l'existence de votre clinique, une des plus modernes de Montréal. Ils sont persuadés que vous êtes riche. Et que vous pourrez payer pour fiston si nécessaire…

Le Dr Jobin secoua la tête, il n'était pas millionnaire! La clinique valait cher, certes, mais elle ne lui appartenait qu'au tiers.

— Si je devais payer une grosse somme, je devrais hypothéquer la maison.

— Nous n'en sommes pas là. Avec un peu de chance, l'enquête sur Alberto Secatto aboutira plus vite que prévu. Il y a eu du mouvement autour de lui, récemment. Je vous demande seulement de me mettre en relation avec Simon-Olivier. Je dois savoir jusqu'où il est impliqué. Je suis désolé. J'ai un fils qui a fait des conneries, moi aussi. Je comprends ce que vous vivez.

— Qu'est-ce que nous avons raté dans leur éducation?

— Je n'étais pas assez là, avoua Mark Kirkland.

Ils échangèrent un regard, puis le sergent Kirkland proposa de retrouver Simon-Olivier dans un café.

— Tout ceci doit rester entre nous, j'aurais déjà dû interroger votre fils plutôt que de venir ici vous prévenir…

— Je ne sais pas comment vous remercier, commença Pascal Jobin.

Mark Kirkland protesta: il lui devait bien ça.

86

Et, surtout, réfléchissait Kirkland, Simon-Olivier pourrait lui être davantage utile en continuant à trafiquer avec la gang de Secatto. Il saurait lui faire comprendre où était son intérêt. Le vétérinaire lui serait vraiment reconnaissant d'avoir aidé son fils… C'était une belle coïncidence d'être allé au casino ce soir-là et d'avoir reconnu ce raté. Il regagna sa voiture, tandis que Pascal Jobin se rendait à la salle où attendaient les animaux qui devaient être à jeun pour une opération le lendemain. Plusieurs tournaient en rond. Comme lui. Il s'approcha d'un vieux teckel, le caressa en lui disant qu'il avait bien de la chance d'être un animal.

* * *

— Tu es en sueur, remarqua Dorothée.

Mélissa l'avait rejointe au marché Saint-Jacques où elle avait acheté les confitures de Mme Mansoura, les préférées de Victor.

— J'ai commencé à m'entraîner. Je suis venue ici en joggant après avoir vu une amie.

— Tu jogges, maintenant? Comme Louise? Mais dis-moi plutôt… et Guido?

— Qu'est-ce que tu veux savoir au juste, maman?

— Est-ce que Guido est heureux avec Violette?

— Écoute, j'ai seulement une heure avant de retourner au resto.

— Oui, et c'est dommage. On ne se voit plus… on ne se parle plus depuis que tu vis en appartement.

— On se téléphone souvent, protesta Mélissa.

— Ce n'est plus comme avant. J'ai perdu ma petite fille…

— Mais justement, je ne suis plus une gamine! Nous n'allons pas encore avoir cette discussion, je…

— Non, non, promis. On va déguster notre rituel gâteau aux carottes.

Elles hâtèrent le pas jusqu'à la pâtisserie De farine et d'eau fraîche et s'installèrent à côté de la grande fenêtre. Dorothée remit un sac à Mélissa. Elle avait choisi pour elle la confiture aux pétales de rose et pour son mari, celle au pamplemousse et gingembre. Elle se sentait paresseuse de ne pas faire elle-même toutes ces douceurs pour les siens et se déculpabilisait en les achetant à Mme Mansoura, se répétant qu'elle l'aidait à gagner sa vie, à s'intégrer à la société québécoise.

— Tu dois admettre que Violette est ravissante! Guido doit être fier d'être avec elle.

— Tu parles de Violette comme si c'était un trophée… Il me semblait que tu étais féministe?

Dorothée protesta; Mélissa était de mauvaise foi.

— Tu n'aimes pas Violette, je le sens. Mais pourquoi?

Mélissa haussa les épaules tandis que Dorothée se demandait subitement si sa fille n'était pas secrètement amoureuse de Guido. Dieu du ciel! Était-ce possible? Non. Voyons donc, elle avait dix-sept ans. Il en avait le double! Elle était ridicule. Elle avait trop d'imagination.

— Elle a la larme à l'œil pour n'importe quoi. C'est agaçant.

— Elle est sensible, protesta Dorothée. C'est plutôt une qualité.

— Elle me fait penser à du caramel quand il déborde du chaudron, qu'il dégouline et colle à tout. Toujours en train de faire des compliments à tout le monde. Elle est sirupeuse.

— Sirupeuse? s'étonna Dorothée.

— Écoute, ce n'est pas moi qui sors avec elle, s'impatienta Mélissa. Ce que je pense d'elle n'a aucune importance. Si Guido l'apprécie, tant mieux. Mais il ne la connaît pas beaucoup. Qui nous dit qu'elle n'a pas quelqu'un dans sa vie?

— Elle ne m'a jamais parlé de personne, protesta Dorothée.

— Vous n'êtes pas des amies intimes.

— Non, mais assez pour qu'elle me…

— D'un autre côté, la coupa Mélissa, si Guido est bien avec elle, il retrouvera peut-être sa bonne humeur. Il est tellement anxieux, ces jours-ci! Si Violette lui change les idées, on la félicitera.

— Et toi? ne put s'empêcher de demander Dorothée. Y a-t-il quelqu'un à qui tu pourrais changer les idées?

— De quoi parles-tu?

— Tu es jolie, adorable, brillante. Je ne peux pas croire qu'il n'y a pas un garçon pour s'intéresser à toi.

— Arrête!

La sécheresse du ton de Mélissa surprit Dorothée qui se demanda si, finalement, elle n'avait pas vu juste: si sa fille s'était éprise de Guido, si elle l'aimait secrètement sans espoir que ses sentiments soient partagés, elle ne s'intéresserait pas à un jeune de son âge. Elle détesterait Violette qu'elle verrait comme une rivale. Elle devrait en toucher un mot à Louise, tenter de savoir si son hypothèse était malheureusement valable.

Elle effleura la main de Mélissa en lui souriant.

— Quoi? Qu'est-ce que tu veux?

— Rien, ma chérie. Rien. Ta vie privée te regarde.

— Parfait! On s'entend là-dessus.

Mélissa engloutit un énorme morceau de gâteau et le mâcha d'un air extatique.

— Je sais bien que les desserts de Carte Noire sont plus sophistiqués, avoua Mélissa après s'être passé la langue sur les lèvres, mais ce gâteau aux carottes est vraiment mon préféré. Ta petite protégée, Violette, elle aime les desserts de Guido à la folie! Je l'ai vu s'enfiler trois parts de la marquise au chocolat. Et elle est dingue des macarons au pamplemousse. Et de la mousse à la réglisse. Et des pâtisseries. Je l'ai croisée deux fois chez Arhoma.

— C'est vrai, elle habite dans ton quartier. Ça devient vraiment à la mode!

Mélissa esquissa une moue : la mode, elle s'en foutait. Ce qui comptait en revanche, c'était d'avoir une des meilleures boulangeries de Montréal à proximité. Dorothée eut un pincement au cœur en percevant dans le ton de Mélissa qu'elle avait adopté son quartier, qu'elle ne reviendrait jamais à la maison. Elle s'efforça pourtant de sourire, avant de poursuivre :

— Violette vient souvent au resto ?

— Chaque fois qu'elle visite son nouveau patient. Il habite près du resto.

— Guido doit être content.

— Si tu me montrais des photos du bébé, dit Mélissa pour changer de sujet. La curiosité de sa mère était si lassante…

Dorothée tira aussitôt sa tablette électronique de son sac à main.

— Tu vas voir comme il te ressemble…

Mélissa détailla les images et éprouva un vif soulagement en constatant que Dorothée se trompait : elle n'avait rien en commun avec Matis. Elle rendit la tablette à sa mère en disant que son demi-frère était très mignon.

— Demi-frère ? Est-ce vraiment nécessaire de préciser cela ? Ce serait plus simple si tu parlais de ton frère, non ?

Mélissa haussa les épaules avant de récupérer du bout de l'index les dernières miettes de son gâteau. Au moins, Dorothée ne s'était pas rendue au restaurant… Elle savait à quel point sa mère exaspérait Louise. Elle était certaine que celle-ci avait souvent envie de la congédier pour être enfin débarrassée de Dorothée et de ses interminables bavardages. Elle piquait un bout de gâteau dans l'assiette de sa mère quand celle-ci revint à la charge.

— Tu sais que tu peux tout me dire, ma chérie… Je ne veux pas m'immiscer dans ta vie, c'est normal d'avoir des secrets à ton âge, mais…

— J'ai décidé de devenir biologiste judiciaire, l'interrompit Mélissa.

— Pardon ?

— Les traces de sang, la prolifération des insectes sur un corps, c'est ça qui me tente. Trouver des réponses, enquêter !

Dorothée mit quelques secondes avant de sourire à sa fille et de lui dire qu'elles se ressemblaient. Toutes deux cherchaient à découvrir la vérité, à aller au fond des choses. Elle, avec les cas sociaux qu'on lui soumettait, Mélissa, avec des données scientifiques.

— Tu ne trouves pas ?

— Si tu veux, concéda Mélissa, avant de terminer son gâteau.

Elle espérait plutôt ressembler à Louise. Elle attendrait encore un peu avant d'annoncer qu'elle avait envie d'étudier à l'école de police de Nicolet. Sa mère avait toujours dit qu'elle serait une des plus brillantes chercheuses du Québec en microbiologie…

* * *

En voyant ralentir la Jaguar d'Alberto Secatto, Louise se rappela les informations qu'elle avait recueillies sur lui grâce à Michel Dion, dont elle avait fait la connaissance les jours suivant la mort du juge Ellis. Dion avait été surpris qu'elle l'appelle après un silence d'un an, mais avait accepté de lui confier ce qu'il savait sur le personnage. S'il n'avait jamais été épinglé par la GRC ou la SQ, Secatto était néanmoins un homme qui comptait dans le milieu interlope. Un mafioso. Qui ne pouvait qu'attirer des ennuis à Carte Noire. Ne serait-ce que parce que des enquêteurs finiraient par se demander ce qu'il faisait si souvent au resto. Décidément, cet homme était un élément indésirable à tous points de vue.

Louise se prépara toutefois à lui sourire. Elle vit son neveu sortir prestement de la voiture, détailler les alentours avant de repousser Max, le valet de Carte Noire, qui recula aussitôt et se tint à une distance respectueuse en attendant qu'on daigne lui remettre les clés de la Jaguar. Certains clients rechignaient à confier leur clé au jeune Max, qui n'avait pourtant jamais éraflé le moindre véhicule. Dans le cas présent, l'homme qui avait scruté les lieux avant d'ouvrir la portière de la voiture, cet homme que Louise avait vu lorsqu'elle avait visité les cuisines de la résidence de Secatto, agissait vraiment comme un garde du corps. Louise n'était pas encore totalement décidée à punir Secatto pour le meurtre de ses chiens, car la tâche se révélerait sûrement très compliquée, mais ce bourreau était dans sa mire. Elle devait donc savoir si son garde du corps l'accompagnait partout où il allait. S'il vivait en permanence dans sa résidence pour le protéger. S'il était le seul à remplir ce rôle. Et s'il était aussi athlétique qu'il en donnait l'impression.

Elle s'interrogeait aussi sur le type aux tempes grises qui descendait de la voiture avant Secatto, alors qu'elle s'attendait à voir Emilia, qui avait jusqu'à maintenant accompagné son mari à chacune de ses visites. Louise croyait avoir aperçu cet homme à la résidence des Secatto lorsqu'elle s'y était rendue pour repérer les lieux pour la fête. Il y avait plusieurs employés présents et elle ne s'était pas attardée alors à deviner quelle était leur fonction précise : jardinier, entraîneur privé, masso-thérapeute, homme d'entretien ou gorille ? Était-ce le rôle de l'homme en complet gris qui se tenait aux côtés d'Alberto Secatto ? Combien y aurait-il d'obstacles entre elle et Secatto, si elle trouvait une manière de le punir ? Un mafioso… Elle devait y réfléchir à deux fois. D'un autre côté, les mafiosi ont toujours beaucoup d'ennemis. Ce n'était pas à elle qu'on penserait en premier lieu si un regrettable incident se produisait.

Elle s'avança d'un pas décidé vers les deux hommes et perçut le mouvement du garde du corps vers son patron, comme s'il devait le protéger contre elle. Ils se dévisagèrent durant quelques secondes avant que Secatto tende la main à Louise, qui la serra en lui souriant.

— Mon neveu, Rafaele. Et mon ami, Michaël Arpin.

— Enchantée de vous rencontrer, dit-elle. Guido a beaucoup travaillé à l'élaboration du menu du carnaval. Il y a longtemps que je ne l'ai vu aussi enthousiaste ! Ce projet l'enchante.

— C'est vrai ?

Louise hocha la tête, se gardant d'ajouter qu'elle avait hâte que cette fameuse soirée soit passée : Guido avait beau prétendre qu'il était ravi d'avoir accepté ce contrat, il était tellement anxieux depuis une semaine qu'elle commençait à en douter. Et à se demander s'il n'y avait pas une autre raison à cette fébrilité angoissée. Elle n'avait jamais vu le chef aussi nerveux.

— Nous aurons de très belles propositions à vous faire, reprit-elle en montant les trois marches du perron. Et de belles suggestions pour ce soir. C'est votre première visite chez Carte Noire…

— Non, Rafaele ne mange pas avec nous, même si je l'ai invité, déplora Secatto. Il ne sait pas ce qu'il manque !

Secatto se tourna vers son neveu : avait-il changé d'idée ?

— Ce serait un plaisir de vous faire découvrir notre table, affirma Louise.

Elle aurait aimé pouvoir observer Rafaele avec Secatto, mieux définir le rôle qu'il jouait auprès de son oncle. Elle était consciente qu'il ne l'avait pas quittée des yeux…

— Non, j'ai dîné très tard, ce midi. Je vous attendrai dans la voiture.

— Tu as tort ! répéta Secatto. Alors, comme ça, notre Guido est inspiré ?

— Je ne vais pas vous déranger pendant que vous souperez, dit Louise, mais quand vous aurez envie de voir ce que notre chef a imaginé pour vous, vous me ferez signe. Est-ce que la maison peut vous offrir du Dom Ruinart ou préférez-vous autre chose pour l'apéro ?

— C'est ma femme qui aime le champagne, confia Alberto Secatto. Donnez-nous plutôt un Negroni, ça fait très long-temps que je n'en ai pas bu.

— Souhaiteriez-vous qu'on en serve durant le carnaval, même si ce cocktail a été créé à Florence plutôt qu'à Venise ?

Alberto Secatto dévisagea Louise durant quelques secondes avant d'éclater de rire.

— Vous m'épatez ! Peu de gens connaissent l'origine du Negroni.

— Il existe pourtant depuis presque un siècle maintenant. Je n'ai pas de mérite, j'adore le campari et tout ce qu'on peut faire avec. On a d'ailleurs prévu un sorbet inspiré du Spritz pour le carnaval. Juste après les viandes.

— Bonne idée !

— Souhaitez-vous que je fasse porter un verre à votre neveu ?

— Il ne boit jamais. C'est un ascète. On ne pourrait jamais s'imaginer qu'il fait partie de la famille. Il ne sait pas ce qu'il manque… surtout ici!

Les hommes prirent place à la table réservée près du mur du fond et Geneviève leur apporta aussitôt les menus avant de désigner l'ardoise noire géante où étaient inscrits les plats du jour. Arpin choisit le carpaccio et le doré aux agrumes, Secatto opta pour la burrata à la truffe blanche et la poitrine de veau farcie aux pistaches.

«Tu vas voir que j'ai raison d'avoir adopté ce restaurant», entendit Louise lorsqu'elle s'avança vers ces clients particuliers pour s'enquérir de leur choix de vin.

Que voulait dire Secatto par «adopté»? Elle répondit aux questions de Secatto au sujet d'un Barbaresco et d'un vieux Barolo, conseilla ce dernier pour accompagner les plats, mais suggéra un blanc sicilien pour la burrata et un Cerasuolo d'Abruzzo pour le carpaccio.

— À cause de l'espuma de parmesan et du basilic frit. On le sert plutôt frais. Mais si vous préférez…

— Non, c'est parfait, trancha Secatto. Comme toujours! Je n'ai qu'un regret, ne pas être venu ici plus tôt. Goûte-moi ça, Michaël.

Secatto avait saisi les gressini enrobés d'une fine tranche de prosciutto grillé.

— Il faut qu'il y en ait pour le carnaval!

Louise sourit et promit que ce désir serait satisfait. En retournant à la cuisine, elle se félicita de savoir aussi bien dissimuler ses sentiments. Elle aurait pu être une bonne joueuse de poker. Mais pour cela, il aurait fallu qu'elle aime partager un loisir avec des gens et rien ne lui plaisait davantage que d'être seule à l'appartement avec ses chats.

— Secatto est arrivé? s'informa Guido.

— Je lui ai dit que tu lui présenterais une ébauche du menu du carnaval tantôt. Ce sera possible?

Guido hocha la tête avant de lui dire qu'il préparerait une poêlée de champignons sauvages pour Secatto.

— Tu le gâtes… Je pensais que tu regrettais d'avoir accepté de te charger du carnaval.

Guido parut surpris de cette remarque, la contesta. Il était ravi de relever ce défi.

— Je t'ai senti tendu toute la semaine. Il y a quelque chose qui ne va pas?

— Ça va s'arranger, promit-il.

Il n'en était pas persuadé. Il se demandait toujours s'il devait parler à Alberto Secatto des menaces qu'il avait reçues. Comment avancer l'hypothèse qu'il y avait peut-être un lien entre sa présence au resto et la visite de Pelletier? Ce serait sous-entendre qu'il le prenait pour un mafieux. Non, il devait plutôt tout raconter à Louise. Il ne s'y était pas encore décidé car il aurait bien voulu, pour une fois, régler un problème sans son aide. En même temps, n'était-ce pas son rôle de tout simplifier pour lui afin qu'il se consacre à ses créations?

— Vérifie avec Secatto s'il aime les champignons, dit-il à Louise. Sinon, on les garde pour les Fernandez. Je ne peux faire qu'un seul plat, les chanterelles étaient rares.

Louise revint aussitôt vers Secatto et Arpin, qui avaient dévoré les gressini. Elle sourit en saisissant le panier vide, offrit d'en rapporter.

— Le chef pourrait vous envoyer une marmite de champignons sauvages, ça vous tente?

Alberto Secatto se frotta les mains en signe de contentement, confia à Louise qu'il adorait les champignons sous toutes leurs formes: grillés, poêlés, en salade, en marinade, séchés, dans les soupes, farcis, gratinés.

— Il y a trois choses que j'aime particulièrement: les amandes, les truffes blanches et les champignons. Mais Emilia les déteste, alors je m'en passe trop souvent.

Louise enregistra l'information, imaginant Secatto malade après avoir dévoré un champignon vénéneux. Elle se rappelait parfaitement l'aspect de l'amanite phalloïde que Guido avait un jour rapportée d'une de ses cueillettes. «C'est fatal, avait-il dit, il paraît qu'on agonise durant trois jours dans d'atroces souffrances. C'est vraiment dommage. C'est un joli champignon avec son chapeau rouge à pois blancs!» Elle chassa rapidement cette idée: s'il fallait que Secatto s'écroule de douleur en sortant de chez Carte Noire, ce serait une terrible publicité dont Guido ne se remettrait pas. Et puis, dénicher une amanite relèverait du miracle, songea-t-elle avant d'accueillir les Fernandez qui venaient d'arriver chez Carte Noire. Mais utiliser un poison pour punir ce meurtrier lui semblait une bonne idée. Les autres moyens de s'en débarrasser seraient vraiment trop risqués, avec tous ces hommes qui ne le quittaient pas d'une semelle!

Elle les conduisit à leur table habituelle, s'enquit de leurs récentes vacances dans les vignobles californiens, leur vanta les plats du jour ajoutés au menu qu'ils connaissaient avant d'aller chercher un gin tonic et un Ricard. Elle déplorerait toujours qu'un client choisisse cette boisson au goût d'anis, si prononcé qu'il gommerait toutes les nuances des mets préparés par Guido.

Avant de se diriger vers le bar, elle eut le temps de voir Rafaele appuyé sur le capot de la voiture, faisant face à la porte d'entrée de Carte Noire comme s'il s'attendait à voir son oncle en sortir à l'instant. Il devait pourtant se douter que Secatto était attablé pour la soirée... Ou alors, il surveillait autre chose. Mais quoi? Qui? Et n'était-il pas étrange qu'il ait tenu à rester à l'extérieur? Pourquoi n'avait-il pas voulu accompagner son oncle?

Louise jeta un coup d'œil à Secatto, qui fermait les yeux en dégustant la burrata à la truffe blanche. Oui, un vrai gourmand. C'était bien sa seule qualité! Il lui faudrait donc trouver un moyen d'injecter du poison dans un des mets qu'il goûterait au carnaval. Mais quel poison? Elle n'avait pas accès à des médicaments ou à des drogues, elle n'était ni médecin ni infirmière.

Mais Violette Cartier l'était, elle.

Et quand Violette s'arrêtait chez Carte Noire après ses visites, elle avait toujours avec elle un grand sac en cuir fauve. Que contenait-il, sinon des médicaments pour les personnes âgées dont elle s'occupait? Il fallait qu'elle soit plus sympa avec Violette si elle se décidait à passer à l'acte. Elle devait recalculer les risques, mais la tentation était de plus en plus forte…

* * *

— C'est un bon chien, dit l'employé de l'animalerie à Violette. Il est intelligent.

— Il est pourtant là depuis des semaines…

Violette sourit au jeune homme.

— Je le sais et c'est vraiment triste.

— Les gens accordent trop d'importance à l'apparence, fit Violette.

— On dirait qu'il vous aime, dit René. Vous venez le voir souvent.

Violette hocha la tête. Elle aurait aimé délivrer Rex de cette cage où il croupissait depuis trop longtemps… D'un autre côté, elle ne pouvait sauver tous les êtres qui souffraient.

— Vous devez vous demander pourquoi je ne l'ai pas encore acheté.

— Pour être franc, admit René, j'ai pensé que c'était le prix qui vous freinait. Dans ce cas, je pourrais en parler à mon patron.

— Ce serait gentil, dit-elle avant de quitter l'animalerie.

Peut-être qu'elle devait tester sur Rex la poudre de laurier rose ou la décoction d'if du Canada ? Elle avait renoncé à utiliser des champignons depuis que Guido lui avait donné des informations supplémentaires qui l'avaient découragée : s'il y avait des champignons toxiques dans les bois du Québec, ils n'étaient pas tous mortels. Plusieurs causaient des vomissements, des diarrhées, des maux de tête, des troubles respiratoires et un tas de désagréments qui n'entraînaient pas nécessairement le trépas.

C'était regrettable. Violette devait privilégier l'approche naturelle du poison végétal pour son prochain patient. Jusqu'à maintenant, aucune autopsie n'avait été pratiquée sur les corps de ses victimes, mais elle redoutait toujours un médecin trop zélé. Ou le fils d'un patient trop soupçonneux.

Que ferait-elle aujourd'hui avec Armand Noël ? Iraient-ils au parc La Fontaine où il avait passé les étés de son enfance ? Lui raconterait-il encore une fois qu'il y avait alors une ménagerie et qu'il entendait, de la rue voisine où il habitait, le cri des paons à la tombée de la nuit ? Elle ferait bien sûr semblant de n'avoir jamais entendu ce récit, lui sourirait tout en s'efforçant d'évaluer le poids du vieillard afin de lui administrer la bonne dose de poison. Armand Noël n'était pas encore prêt pour le grand voyage, mais elle voulait être capable de l'aider dès que les signes de décrépitude se multiplieraient.

Montréal, 25 juillet 2014

Même si elle les adorait, Louise s'impatienta durant quelques secondes contre Saphir et Merlin, qui avaient choisi son lit pour faire la course. Elle avait mal dormi, incommodée par la chaleur, soucieuse du comportement inhabituel de Guido. Il était distrait et nerveux, mais niait que l'élaboration de la soirée du carnaval l'angoissait. Pourtant, plus la date fatidique approchait, plus il était inquiet. C'était paradoxal puisque tous les plans avaient été approuvés par Emilia et Alberto Secatto, que les *testings* des plats l'avaient satisfait. Elle ne voyait qu'une explication à cette attitude : une mésentente avec Violette. Mais celle-ci s'était pourtant présentée mardi comme à son habitude, résolument souriante, et Guido n'avait pas semblé se faire violence pour l'embrasser lorsqu'elle s'était glissée en cuisine.

Des miaulements stridents tirèrent Louise de ses réflexions. Elle s'étira en se disant qu'elle devait aller courir malgré le temps lourd, qu'elle avait besoin de se vider l'esprit avant de se rendre chez Carte Noire. Elle quitta son lit, s'approcha de Freya qui surveillait les jeux de Saphir et Merlin d'un air excédé, la caressa en lui promettant du poulet rôti quand elle reviendrait du restaurant. Elle remplit les gamelles de nourriture avant de se brosser les dents et enfila short, tee-shirt et souliers de course.

Après quelques foulées pendant lesquelles elle pesta contre l'humidité, elle atteignit son rythme coutumier et commença à oublier ses soucis, respirant l'odeur légèrement sucrée de l'aube. Elle n'aimait jamais autant Montréal qu'à cinq heures du matin. La ville lavée par la nuit n'était pas encore parasitée par les bruits de la circulation, les rues étaient quasiment désertes, les rares personnes qu'elle croisait couraient comme elle ou promenaient leurs chiens. Elle s'arrêtait immanquablement pour les flatter et se disait chaque fois que, un jour, elle habiterait à la campagne et aurait aussi des chiens.

En voyant un grand lévrier forcer son maître à accroître son rythme, elle sourit à ce dernier, devinant qu'il avait sauvé l'animal du sort réservé à ces martyrs des courses de chiens. Un beau dossier sur lequel elle se pencherait un jour. En suivant le chien du regard, les bêtes de Secatto lui revinrent à l'esprit. Et son appartenance à la mafia. Elle ne voulait pas de cet indésirable chez Carte Noire. Mais il y avait ce maudit garde du corps… Sûrement aussi d'autres hommes chez lui. Y avait-il des caméras de surveillance dans son immense baraque? Dans toutes les pièces? Tout de même pas dans les salles de bain qu'Alberto, Emilia et Sissi Secatto utilisaient. Peut-être dans celle du rez-de-chaussée, aussi grande que son salon, qu'elle avait vue lors de sa visite avec Guido. Où se cacher si nécessaire? Nulle part. On la retrouverait bien vite.

Il n'y avait qu'une solution: être invisible. Anonyme ou presque dans la foule qui se presserait au carnaval. Elle revenait toujours à cette solution qui lui déplaisait, car elle avait peu de temps pour régler tous les détails. Mais quand aurait-elle une autre occasion de punir Secatto? Et quand partagerait-elle avec autant de suspects l'attention des enquêteurs? Il y avait plus de cent personnes sur la liste d'invités.

Ces pensées avaient distrait Louise de son circuit habituel et elle constata qu'elle n'était qu'à quelques mètres de chez Carte Noire. Et si elle allait chercher quatre ou cinq crevettes pour faire plaisir aux chats? Elle avait les clés du resto avec elle, après tout.

Elle allait tourner à gauche pour atteindre le restaurant, mais s'arrêta brusquement en voyant un véhicule ralentir à la hauteur de l'établissement. Un homme roux, très maigre, en sortit pour déposer un paquet sur le perron de Carte Noire puis repartit aussitôt. Que pouvait-il bien avoir livré à cette heure indue ? Elle ne reconnaissait la voiture d'aucun des fournisseurs du restaurant ; elle n'avait jamais vu ce Suburban gris et elle n'avait pu distinguer les numéros de la plaque d'immatriculation. Elle s'avança en fixant la petite boîte de carton.

Il n'y avait aucune adresse indiquant sa provenance ni celle du destinataire. Elle s'assit sur la plus haute marche, s'empara du paquet, le secoua et entendit une sorte de crissement. Elle déposa la boîte, saisit une clé et coupa le ruban adhésif. Elle l'ouvrit et la laissa tomber aussitôt, prise de nausée à la vue d'un rat mort. Du bout du pied, elle repoussa la boîte, respira profondément. S'en approcha de nouveau pour s'assurer que le rongeur était bien décédé. Elle n'aimait pas ces bestioles, mais s'il était vivant, elle ne pouvait le laisser agoniser sans rien faire. Elle devrait emmener cette bête à la clinique, même si elle la dégoûtait. Ce ne serait pas nécessaire, les membres du rat étaient raides et semblaient recouverts d'un peu de glace.

Qui avait déposé cette horreur devant la porte du restaurant ? Elle déglutit mais le dédain fit vite place à l'inquiétude. Elle regarda autour d'elle comme si le livreur pouvait être toujours là, alors qu'elle l'avait vu poursuivre sa route. Elle ne vit qu'une voiture beige qui démarra soudainement et disparut au coin de la rue.

Louise tentait de réfléchir, mais ses pensées volaient en tous sens. Elle se dit qu'un expresso ramènerait un peu d'ordre dans son esprit. Elle se dirigea vers la porte arrière du restaurant puis revint sur ses pas. Il fallait se débarrasser de la boîte ; personne ne devait voir son infâme contenu. Elle la souleva d'un geste décidé, contourna le restaurant et la laissa tomber dans le contenant à ordures avant d'ouvrir la porte qui donnait sur le stationnement. Elle désactiva le système d'alarme et se dirigea vers la cuisine pour se préparer un café. Le bruit si familier de la Faema, l'odeur riche du mélange de java et d'arabica la rassérénèrent et elle allait s'installer à la table près de la fenêtre quand elle revit la voiture beige qui ralentissait devant le restaurant.

Un homme baissa la vitre et se pencha pour observer les alentours. Un homme qu'elle n'avait pas vu depuis près d'un an. Un homme qu'elle espérait ne jamais revoir. Frank Fortunato ! L'enquêteur qui aurait tant voulu l'épingler l'été précédent pour le meurtre du juge Ellis !

Que faisait Fortunato dans les parages ? À cette heure-ci ? Et juste après le passage du livreur de rat ? L'avait-il suivie ? Depuis quand ? L'avait-il vue ouvrir le colis ? Pourquoi ne s'était-il pas arrêté ? Et pourquoi était-il revenu maintenant ? Et pourquoi redémarrait-il ? Elle n'y comprenait rien mais poussa un long soupir de soulagement quand la voiture disparut. Elle se demanda néanmoins si elle reviendrait, si Fortunato en sortirait, s'il viendrait sonner à la porte du resto.

Même si elle savait que leur café venait d'un des meilleurs importateurs du Canada, elle lui trouva une amertume qui lui était étrangère. Elle devait se ressaisir, comprendre ces allées et venues qui ne lui disaient rien de bon. Devait-elle parler de tout ça à Guido alors qu'il était déjà si tendu ? Était-il possible qu'il existe un lien entre le jeune chef et ces deux visiteurs si matinaux ? Et si oui, quel était ce lien ? Pourquoi Guido aurait-il été en contact avec Frank Fortunato ?

Une sorte de vertige saisit Louise : se pouvait-il que Fortunato ait repris le dossier Ellis et y ait trouvé, un an après le meurtre, un détail l'incriminant ? Elle revenait vers les éviers pour y déposer sa tasse lorsqu'elle entendit la porte arrière s'ouvrir. Elle était pourtant certaine d'avoir verrouillé derrière elle. Elle saisit machinalement un couteau de cuisine et entendit, le cœur battant, qu'on venait vers elle.

— Qui est là ? demanda-t-elle.

— Louise ? Qu'est-ce que tu fais là ?

Soulagée, Louise reconnut la voix de Guido.

— Et toi ?

— Je n'arrivais pas à dormir.

— Moi non plus. Je courais et j'ai eu envie d'un café alors je me suis arrêtée. J'aime bien être au restaurant quand il est désert. Comme assoupi. Je trouve qu'il ressemble à un vaisseau qui attend d'appareiller. Les rideaux sont comme de grandes voiles qui attendent d'être gonflées de vent pour prendre le large, attendant les ordres du capitaine qui…

Le regard éberlué de Guido qui n'avait jamais entendu Louise s'exprimer de la sorte la fit taire. Il y eut un trop long silence qui les mit mal à l'aise, mais que ni un ni l'autre n'osait rompre. C'est le sonore gargouillement d'un des réfrigérateurs qui, résonnant dans la cuisine vide, leur permit de réagir.

— Le réparateur ne devait pas passer hier ? questionna Guido.

— Si, et je l'ai rappelé. Et il a promis de venir aujourd'hui.

— C'est bien.

— Oui, dit-elle.

— Je vais me faire aussi un café.

— As-tu donné rendez-vous ici à quelqu'un ? ne put s'empêcher de demander Louise.

— Si j'ai donné rendez-vous à quelqu'un ?

Louise, qui n'avait pas quitté Guido des yeux, eut l'impression qu'il pâlissait et qu'il répétait la question pour se donner le temps d'inventer un mensonge plausible.

— Il y a une auto qui a ralenti devant le resto mais qui est repartie. De couleur beige…

Guido haussa les épaules.

— À qui j'aurais donné rendez-vous ?

— À… À Violette, par exemple. Elle commence tôt ses journées, d'après ce que j'ai pu comprendre. Est-ce qu'elle conduit une voiture beige ?

Guido secoua la tête avant de marmonner qu'il ignorait si Violette avait le temps de passer avant de se rendre chez M. Noël, puis il redressa le bec de vapeur de la Faema pour faire mousser le lait pour son cappuccino. Il ne posa aucune question à propos de la voiture. Louise, qui aurait dû lui dire qu'elle avait reconnu Frank Fortunato au volant, ouvrit la porte d'un des congélateurs, prit un sachet de crevettes surgelées et en sortit six crevettes avant d'expliquer à Guido qu'elle était venue chercher cette gâterie pour ses chats.

Un nouveau silence, tout aussi lourd, s'installa entre eux. Louise referma le sac de crevettes et le rangea tout en sentant le regard de Guido fixé sur elle. Que lui cachait-il ?

— Veux-tu un cappuccino ? finit-il par dire. Il y a de la mousse pour deux…

— Non, je vais me changer chez moi et je reviens, répondit Louise avant de se diriger vers la porte arrière.

Elle avait besoin de réfléchir avant de se décider à lui parler du colis et du passage de Frank Fortunato.

En courant pour rentrer chez elle, elle repensait au manque de réaction de Guido quand elle avait évoqué la voiture beige. S'il avait été en contact avec Fortunato, il aurait probablement su qu'elle lui appartenait. Ou non. Les enquêteurs disposent de plusieurs véhicules. Mais s'il avait attendu Fortunato, s'il lui avait donné rendez-vous à cette heure si matinale afin de lui parler sans témoin, il n'aurait pas offert un cappuccino à Louise, il aurait souhaité qu'elle quitte rapidement Carte Noire.

Mais alors pourquoi Guido était-il arrivé si tôt au restaurant? Pourquoi Fortunato était-il passé devant l'établissement? Juste après la livraison du colis... Que lui cachait Guido? Sa nervosité des derniers jours et sa gaucherie ne lui disaient rien qui vaille.

Elle s'arrêta en plein milieu d'une rue, fit demi-tour. Guido devait tout lui dire! Et elle devait de son côté lui parler de l'immonde colis.

* * *

Guido parut surpris de la revoir quand elle poussa la porte de la cuisine où il montait une mayonnaise.

— Tu fais toujours de la mayonnaise quand tu es stressé, lança-t-elle. Dis-moi ce qui se passe!

— De quoi parles-tu?

— Tu n'as jamais été aussi nerveux depuis que je te connais. Et ne me raconte pas que c'est le carnaval qui t'inquiète, tu as relevé des défis toute ta vie. C'est Secatto qui te fait peur?

— Je pense que tu avais raison, commença Guido. On n'aurait pas dû accepter cette fête chez lui. Trop de choses étranges se produisent depuis que nous l'avons comme client.

— Des choses?

— Un type est venu me proposer sa protection en échange d'un petit pourcentage de nos recettes. Un certain Georges Pelletier.

— Quoi? s'écria Louise, abasourdie par la nouvelle.

— Cinq pour cent.

— J'étais certaine que Secatto faisait partie de la mafia! Pourquoi a-t-il toujours un garde du corps? Une voiture aux vitres teintées? Des chiens?

— Des chiens?

Guido ne se rappelait pas avoir vu des bêtes à la résidence d'Alberto Secatto; il était très vigilant à ce sujet afin d'éviter tout incident. Pas question qu'un molosse traverse la cuisine pour voler une escalope ou qu'un minet plonge sa patte dans un bol de crème pâtissière!

— Je… J'ai vu des poils sur son veston de lin, expliqua Louise. Et souviens-toi de toutes ces questions que Rafaele Secatto nous a posées sur notre personnel quand nous avons visité la maison de son oncle. Il voulait les noms de tous nos employés et ceux des extras qui devraient être engagés pour le carnaval. Il est très méfiant. Je m'attends à ce qu'on fouille tout ce qu'on apportera pour le banquet: sacs, boîtes, contenants de toutes tailles.

— On n'y cachera tout de même pas des revolvers! s'indigna Guido.

— Je te parie qu'il y aura des mesures de sécurité particulières, ce soir-là. Mais Secatto ne pourra pas en faire trop, ses hommes n'iront pas jusqu'à fouiller les invités…

Elle interrogea Guido sur Pelletier, lui fit répéter ses menaces.

— Il n'est pas question qu'on donne un sou à qui que ce soit! martela-t-elle. Il nous faut gagner du temps afin d'en apprendre plus sur ce Pelletier. Qui est derrière lui? Je serais étonnée que ce type ait soudainement décidé, de sa propre initiative, par un beau matin de juillet, de nous racketter. Ça peut être un ennemi de Secatto qui veut mettre les pieds ici.

— Pour quelle raison?

— Je ne sais pas. À quoi ressemble ce Pelletier?

Guido décrivit le rouquin à Louise, qui ne se rappelait pas l'avoir aperçu chez Secatto.

— En revanche, c'est lui qui a livré le paquet contenant le rat mort!

— Le rat mort? De quoi parles-tu?

— Ça s'est déroulé si vite. Juste comme j'arrivais au resto, ce matin, j'ai vu quelqu'un déposer un paquet devant la porte. J'ai pensé qu'il était très tôt pour une livraison et que les livreurs passaient habituellement par l'arrière. Puis j'ai ouvert le colis. Et j'ai découvert un rat mort.

— C'est dégoûtant!

— Je l'ai jeté.

— On devrait appeler la police, chuchota Guido.

— Trouve une meilleure idée, rétorqua Louise.

— Mais tous ces mafieux… ici…

— Réfléchis: pour quel motif un lieutenant de Secatto menacerait-il de racket le restaurant que son patron adore? C'est illogique. Secatto a dit devant moi qu'il avait adopté Carte Noire.

— Je n'y comprends rien! gémit Guido.

— Et si ce type avait retourné sa veste? Si Pelletier travaillait pour un rival sans que Secatto le sache? Si c'était un traître? On ne t'a pas approché sans raison. Il faut se renseigner, savoir qui est ce Pelletier.

— Pelletier a dit qu'il me reparlerait de ces cinq pour cent après le carnaval. Cinq pour cent, il me semble que c'est peu, non?

— On ne connaît rien à ces affaires-là, Guido. Et on ne veut pas les connaître. Je me demande seulement si on doit parler à Secatto du colis et de ce Pelletier.

— Pourquoi?

— Si Secatto est derrière tout ça, il fera semblant d'être surpris. Mais si c'est quelqu'un de chez lui qui lui joue dans le dos ou si ça vient d'un concurrent, il sera content de le savoir et nous en sera reconnaissant.

— Je voudrais qu'il n'ait jamais mis les pieds ici.

— Il ne tardera pas à lever le camp, dit Louise d'un ton catégorique. N'y pense plus, je m'en charge.

Sa décision était prise: en plus d'être un bourreau d'animaux, Secatto ne leur apportait que des ennuis. Il fallait s'en débarrasser au plus vite. Sans laisser de traces. Et surtout, sans nuire à Carte Noire.

Le ton déterminé de Louise rassura Guido tout autant qu'il l'inquiéta. Puis il se dit qu'il ne pouvait rien changer à la situation d'ici le carnaval. Il fallait tout faire pour que cette soirée soit un triomphe. Ce n'était pas le moment de décevoir Secatto.

Montréal, 26 juillet 2014

Simon-Olivier Jobin enfila son slip, puis attrapa sa chemise qu'il boutonna en jaloux. Constatant sa maladresse, il lâcha un juron en la déboutonnant pour recommencer l'opération. Tout allait de travers dans sa vie. Même ses vêtements le trahissaient! Après son père. Son propre père! Qui l'avait jeté en pâture au sergent Kirkland en organisant cette rencontre au café.

— C'est pour ton bien, avait-il dit.

Pour son bien? Il ne connaissait pas Georges Pelletier ni Rafaele Secatto pour proférer une telle ânerie! Le vieux fou avait été assez bête pour croire ce chien sale de Kirkland, qui n'avait cessé de répéter qu'il le protégerait.

— Ah oui? Comment? Vous allez me servir de garde du corps?

— Tu ne peux pas continuer comme ça, avait plaidé Pascal Jobin. Tes dettes…

— Je m'en occupe, de mes dettes.

— En lavant de l'argent sale pour le compte de Secatto, avait dit Kirkland. Et ensuite? Qu'est-ce que tu feras pour eux?

— Je ne ferai rien.

— Tu penses que Pelletier va te laisser tranquille?

— Je ne pense rien.

— Ça paraît, avait persiflé Mark Kirkland. Sinon, tu ne te serais jamais embarqué dans ce genre de gamique.

Simon-Olivier Jobin avait regardé l'officier de la SQ avant de hausser les épaules. S'il pensait qu'il allait lui raconter ce qu'il savait sur l'organisation du blanchiment d'argent au casino, il se fourrait le doigt dans l'œil jusqu'au coude. Personne ne pouvait le forcer à parler.

— On peut te sortir de là, avait insisté Kirkland. On a des photos de toi avec Rafaele Secatto en face du casino.

— Puis après ? J'étais juste allé prendre l'air. Lui aussi. Comme bien d'autres joueurs. Il fait chaud dans le bar du casino.

— Si tu nous disais ce que tu sais, on pourrait te débarrasser de tes créanciers. Ce n'est pas ce que tu souhaites ?

Évidemment qu'il aurait aimé pouvoir oublier Pelletier, Secatto et cie. Mais eux ne l'oublieraient pas.

— Ils vont deviner que c'est moi qui vous ai parlé. Je ne devrais même pas être ici avec vous !

— Penses-tu qu'ils te surveillent ? Comment sauraient-ils que tu es dans ce café ?

— Laissez-moi en paix. Je vais régler mes affaires moi-même.

— Si tu t'obstines à croire aux miracles, c'est ton affaire, avait marmonné Kirkland, mais Alberto Secatto, son neveu Rafaele et Pelletier ne disparaîtront pas de ta vie si tu ne fais rien pour t'aider.

— Pour vous aider.

Simon-Olivier avait pourtant ajouté qu'il réfléchirait à la proposition de l'enquêteur afin de gagner un peu de temps. Il avait quitté le café avec la désagréable impression qu'il était cerné de toutes parts. Il avait dû rouler durant une bonne heure pour se calmer un peu et s'était servi un grand verre de gin en rentrant chez lui. Il aurait voulu s'asseoir à une table de black-jack pour tout oublier, pour décompresser, mais aller au casino n'était peut-être pas la meilleure idée.

Dans quelle merde s'était-il fourré ? Kirkland avait raison : Pelletier et Secatto ne disparaîtraient pas par enchantement. Ni ses dettes. Mais *stooler* Big Georges Pelletier ou Rafael the Angel ? Personne ne se méfiait du bel Italien qui avait l'air si calme, si sage. Même un peu lent.

— Il n'y a rien de pire que les eaux dormantes. Il nous a réservé de belles surprises, notre ange de la mort, lui avait expliqué Pelletier en s'esclaffant.

Simon-Olivier Jobin n'avait pas été assez idiot pour demander lesquelles. Mais il y avait repensé au café, quand Kirkland avait abattu ses cartes. Et à plusieurs reprises depuis. Comment inverser la donne ?

Son père n'aurait jamais dû se mêler de ses affaires.

Les écureuils se pourchassaient sans logique apparente dans le parc La Fontaine. Guido avait l'impression qu'ils imitaient les pensées qui s'agitaient dans son cerveau depuis que Frank Fortunato lui avait donné ce rendez-vous devant le plus petit bassin du parc. Il envia les canards qui faisaient leur toilette au soleil avant de sauter à l'eau et de se laisser glisser doucement sans songer à rien. Que pouvait lui vouloir cet enquêteur dont il n'avait pas eu de nouvelles depuis des mois?

Il n'avait pas changé d'un poil, portant une veste de cuir malgré la chaleur. Il salua Guido avant de désigner le lac devant eux.

— Je venais patiner ici quand j'étais jeune. La glace n'était pas toujours belle, mais j'aimais retrouver ma bande de chums pour jouer au hockey. J'imagine qu'on ne joue pas au hockey en Italie.

— Ça dépend des régions.

— Le hockey, c'est notre marque de fabrique au Québec, poursuivit Fortunato. Une tradition. C'est dans nos gènes. Comme vous autres avec vos pizzas, vos pâtes. Je dis «vos», mais je devrais dire «nos» fameuses pizzas parce que mon grand-père est venu de Perouse. Votre famille est du Piémont, je crois? De toutes les cuisines, c'est l'italienne que je préfère. J'en mangerais tous les jours. Je suis allé à Rome, l'automne dernier. J'ai visité le Colisée, la Piazza di Spagna, la fameuse fontaine de Trevi. J'ai appris qu'on avait fait de la maison d'un mafioso un lieu de culture, avec une salle de cinéma ou de concert, je ne me souviens plus bien. L'idée était de redonner aux Romains ce que la mafia leur avait enlevé. C'est une bonne idée, non?

— C'est certain, approuva prudemment Guido, qui fixait les canards pour éviter le regard de l'enquêteur.

— Parce que, la mafia, ce n'est pas la meilleure coutume italienne qui a été importée ici, on est bien d'accord?

— On est d'accord.

— Parce que personne n'a envie d'avoir affaire avec la mafia, non?

— C'est sûr.

— Dans ce cas-là, je me demande pourquoi vous n'avez pas appelé la police pour dire que vous aviez des problèmes avec quelqu'un de l'organisation. Qu'est-ce qu'il y avait dans la boîte?

— Dans la boîte?

— Le paquet qui a été déposé devant le restaurant la semaine dernière. Que votre associée a ramassé.

— Louise?

— Louise Desbiens ne vous a pas parlé d'un paquet qu'elle aurait trouvé le matin du vendredi 25 juillet? Une boîte larguée par un homme qui sortait d'un Suburban gris? Vous êtes pourtant allé la retrouver au resto, ce matin-là.

— Mais je vais au resto tous les matins.

— Pas nécessairement à 5h et des poussières. Quand, comme vous, on se couche toujours après minuit, on ne se relève pas à l'aube tous les matins. Elle vous a parlé de ce colis?

— Évidemment. On suppose que c'est un concurrent jaloux...

— Vraiment? Pourquoi aviez-vous rendez-vous si tôt chez Carte Noire? Avant que vos employés arrivent?

— On n'avait pas rendez-vous, nia Guido. On s'est trouvés là par hasard. J'ai fait de l'insomnie, elle aussi. Elle s'est arrêtée au resto pour prendre des crevettes pour ses chats. Moi, je voulais revoir mes menus pour le carnaval des Secatto.

— Les Secatto? Alberto et Rafaele Secatto?

— Non, Alberto et Emilia. Vous les connaissez?

114

— De nom. Ce sont de fidèles clients?

— Depuis peu. Ils ont requis nos services pour une grande fête qu'ils donnent pour l'anniversaire de leur fille, un bal masqué. Il y aura beaucoup de monde.

— J'en suis certain, fit Fortunato, troublé par ce que venait de lui apprendre Botterini.

Il filait Georges Pelletier depuis deux semaines quand il l'avait vu, à l'aube, ralentir devant Carte Noire. Carte Noire! Ce damné restaurant où il avait mené une enquête qui s'était soldée par un échec personnel, l'été précédent. Il avait vu Pelletier déposer un paquet, puis poursuivre sa route. Il avait failli le suivre, mais il avait reconnu Louise Desbiens. L'avait vue s'approcher du paquet, l'ouvrir, grimacer aussitôt. Pourquoi ce sbire de Secatto aurait-il déposé ce paquet contenant un truc plutôt moche si son patron était un client satisfait des services de Carte Noire?

— Vous n'avez pas pensé à appeler la police pour signaler ce paquet?

— C'est juste un rat, fit Guido. Pourquoi est-ce que ça vous intéresse autant? Et comment avez-vous su qu'on nous avait remis ce maudit colis?

— Parce que je suivais le Suburban gris et que je sais qui était au volant du véhicule. C'est quelqu'un qui est fiché chez nous. Et à la SQ et sûrement à la GRC aussi. Quelqu'un qui veut vous faire peur. Vous envoyer un message.

— Je ne comprends rien, bredouilla Guido. Je suis le chef de Carte Noire. J'exerce mon métier honnêtement depuis toujours…

— Je n'en doute pas, l'assura Fortunato. Mais on vous a tout de même menacé.

Guido Botterini laissa échapper un long soupir avant de se reprendre:

— Vous dites que vous connaissez l'homme qui a déposé le paquet?

— Si je vous montrais une photo, vous pourriez me confirmer que vous l'avez déjà vu?

— Je… Je ne sais pas.

Fortunato pesta intérieurement: Guido Botterini ne l'avait pas contredit lorsqu'il lui avait dit qu'on l'avait menacé, mais il s'était aussitôt refermé. Ce qui signifiait qu'il prenait ces menaces au sérieux et que Pelletier ou un autre criminel lui avait recommandé de tenir sa langue. Ça n'expliquait toujours pas pourquoi un membre de la gang de Secatto s'en prenait à Guido Botterini, dont le restaurant était apprécié d'Alberto Secatto. Serait-ce à l'insu du Mammouth? Y aurait-il dissension dans les rangs? Et si la menace venait d'ailleurs? Que Secatto soit un nouveau client de Carte Noire ne pouvait être une coïncidence. Il n'y avait pas de hasards avec des hommes aussi bien organisés que les criminels de la race de Secatto.

— Comme ça, vous ne prenez pas au sérieux ce paquet ni ce qu'il peut signifier?

— Franchement, j'ai d'autres soucis avec tout le travail que représente la préparation de la fête. C'est plutôt stressant…

— Parce que Secatto vous met de la pression?

— Non. M. Secatto me fait pleinement confiance. Mais un banquet de cette ampleur dans une résidence privée, c'est toute une logistique. Il faut ajouter des fours, des réfrigérateurs, en s'assurant d'avoir assez de place pour travailler. Bien calculer le temps de service pour chaque série de plats. Le temps pour enlever les assiettes. C'est un cocktail dînatoire très chic.

— Un cocktail dînatoire?

— Ils auront tous un siège, mais ils se serviront aux îlots. Secatto souhaite que les gens puissent échanger facilement entre eux. C'est compliqué, mais ce sera une soirée inoubliable! J'ai choisi de représenter tous les quartiers de Venise.

— Parce que Secatto vient de Venise, compléta Fortunato, qui avait vu Guido se détendre dès qu'il s'était mis à parler de son métier, mais se raidir à nouveau à l'instant.

— Vous… Vous savez que M. Secatto vient de Venise.

— C'était écrit dans un article sur des importateurs qui ont fait fortune au Québec, mentit Fortunato. Ça m'a frappé parce que ma grand-mère venait de Venise.

— J'ai une tante là-bas.

— Est-ce qu'elle a déjà eu des soucis? Est-ce que, par exemple, elle aurait eu à payer pour une sorte de protection dont elle ne voulait pas vraiment?

Guido se remit à fixer le col-vert qui venait de sortir du lac; il aurait tellement aimé être ce volatile à cette seconde précise. Quitte à finir dans une sauce aux framboises plus tard.

— Je ne sais pas, finit-il par répondre.

— Vous devriez vous renseigner. Se taire n'est pas la meilleure méthode pour se débarrasser des indésirables. Je vous redonne ma carte. Appelez-moi si on vous livre un autre paquet. Et lorsqu'on vous contactera… car c'est certain que ça n'en restera pas là.

Guido hocha la tête lentement, incapable d'avouer ses craintes à l'enquêteur malgré l'envie qui le tenaillait.

— Je vous envoie une photo du conducteur du Suburban gris, au cas où vous le reconnaîtriez.

— D'accord.

— Vous la montrerez aussi à Mme Desbiens?

— Oui. Évidemment.

Fortunato regagna son véhicule en souriant: Botterini commençait à comprendre où était son intérêt.

Montréal, 3 août 2014

Louise appréciait particulièrement les dimanches de pluie, toute cette eau qui feutrait les bruits de la ville. Elle avait alors l'impression de vivre dans un cocon douillet et surtout, elle n'avait pas à s'inquiéter des allées et venues de Merlin et Saphir sur le balcon. Il avait beau être grillagé pour protéger les chats d'une chute du troisième étage, elle n'aimait pas les voir fureter à travers les pots de fines herbes. La pluie décourageait agréablement la curiosité des félins et apportait une certaine sérénité à leur maîtresse.

Ce matin-là, le tonnerre et les éclairs qui annonçaient une bonne averse n'avaient pas l'effet apaisant habituel sur Louise, qui regardait d'un air dubitatif une fiole remplie aux deux tiers d'un liquide bleuté. Elle déchiffra l'étiquette à moitié effacée. De l'Euthanyl. Elle se souvenait d'avoir vu ce produit lorsque le Dr Jobin était venu chez elle pour euthanasier Melchior. Il lui avait expliqué qu'on teignait toujours en bleu l'Euthanyl, transparent, pour éviter de confondre ce produit létal avec un autre.

— C'est bien beau de faire avaler ce poison à Secatto, mais quelle dose dois-je utiliser ? confia-t-elle à Freya qui entrouvrit ses beaux yeux bleus. Je ne peux tout de même pas demander à Violette de me donner des précisions ! Et je dois absolument profiter du carnaval. Une situation où il y aura autant de suspects potentiels ne se reproduira jamais !

Elle se tut quand Freya battit de la queue, exprimant ses doutes.

— Je sais, je sais, ce n'est pas si simple. Mais comment les hommes de Secatto ou les enquêteurs pourraient-ils remonter jusqu'à moi ? Comment pourraient-ils deviner que j'ai volé l'Euthanyl dans le sac de Violette ?

Louise sourit. Qu'elle avait eu raison de se montrer plus aimable avec la jeune infirmière…

Lors du dernier passage de Violette chez Carte Noire, elle lui avait proposé d'aller visiter le cellier avec Geneviève en attendant que Guido ait mis la touche finale aux derniers plats qui seraient servis ce soir-là. Elle avait pris le sac et la veste de Violette d'un geste décontracté en lui disant qu'elle les rangerait dans son bureau, qui était verrouillé.

— C'est lourd, ce sac-là! avait-elle dit en souriant. À trimbaler un truc pareil, tu n'as pas besoin d'aller au gym! Et tu mérites bien les pâtisseries que fait Guido! Il est tellement content que tu sois gourmande.

— C'est vrai?

Louise avait souri de nouveau avant de suggérer à Geneviève de remonter une bouteille de meursault de la cave. Après cette soirée très occupée, elles méritaient toutes cet élixir!

Tandis que la serveuse entraînait Violette vers le sous-sol, Louise s'était empressée d'ouvrir le sac pour faire l'inventaire des produits qu'il contenait. Il y avait beaucoup de petits pots en plastique et de fioles en verre qu'elle avait regardés à toute vitesse, jusqu'à ce que la bouteille contenant le liquide bleu attire son attention. Elle l'avait aussitôt confisquée.

Freya s'étira, offrit son regard aimant à Louise, qui ne put y résister. Elle avait eu de la chance de tomber sur ce produit létal. Elle voulait y voir un signe favorable à son entreprise, tout en s'interrogeant sur la présence de ce produit destiné aux vétérinaires dans le sac à main de Violette. Les informations glanées sur Internet étaient plutôt satisfaisantes: cette forme de pentobarbital avait fait l'objet d'une controverse aux États-Unis après avoir été utilisé pour les exécutions des condamnés à mort. Elle ne savait pas quelle dose exacte elle devrait faire ingérer à Secatto, mais elle serait généreuse avec le produit…

Elle se leva pour caresser la fourrure satinée de Freya, l'imita en s'étirant à son tour, l'envia de savoir ronronner. Elle aurait vraiment aimé avoir cette capacité auto-calmante… Elle alla à la cuisine pour faire bouillir de l'eau et opta pour un Gyokuro Shuin, aux arômes d'aubépine et de pelouse fraîchement coupée. Elle se sentit légèrement rassérénée sans toutefois parvenir à chasser ses appréhensions. Il y aurait tellement de monde et de mouvement au carnaval que personne ne remarquerait qu'elle servait personnellement un digestif à Secatto. Et même si… Qui trouverait étrange qu'elle s'occupe davantage du maître des lieux ?

Il était certain qu'elle resterait jusqu'à la fin de la soirée, même après que la brigade déployée en cuisine aura remballé le matériel. Il y aurait sûrement des invités qui traîneraient et Guido avait prévu des mignardises supplémentaires et un service de bar pour les couche-tard. Mais peut-être que Sissi et sa bande de copains préféreraient poursuivre la fête au centre-ville et que seulement quelques vieux amis des Secatto étireraient la soirée ? C'est à ce moment qu'elle devrait servir le digestif aromatisé à l'Euthanyl, quand il ne resterait plus que quelques personnes.

Elle ne se faisait pas d'illusions : elle aurait évidemment à répondre aux questions des enquêteurs après le décès de Secatto, comme tous ceux qui seraient les derniers à l'avoir vu vivant. Et après l'autopsie, les policiers reviendraient les interroger, elle et Guido, sur tout ce qui avait pu se passer en cuisine. On scruterait leurs faits et gestes. Et leur passé. Et bien sûr, on lui reparlerait de l'affaire Ellis. C'était inévitable et fort désagréable. Mais si elle restait sur ses positions, personne ne pourrait prouver qu'elle avait empoisonné Secatto. Elle n'aurait pas d'alibi, certes, mais comme tant d'autres personnes. Et elle rappellerait aux enquêteurs qu'elle n'avait surtout pas de motifs pour tuer Secatto, bien au contraire. C'était un des meilleurs clients de Carte Noire. Pas de preuves, pas de motifs. Ça n'irait pas plus loin, les chiens seraient vengés et les menaces mafieuses écartées. Tout rentrerait dans l'ordre.

Louise eut l'impression que Saphir lui souriait, approuvant son combat contre ceux qui torturaient les animaux. Même ces canidés qu'il n'aimait pas du tout.

* * *

— Tu sembles distrait, mon loup, dit Violette à Guido alors qu'il fixait sa tasse de café sans la boire.

— J'ai mal dormi. Pas à cause de toi. C'est la chaleur.

— Tu es pourtant habitué! On crève dans vos cuisines.

Guido haussa les épaules, caressa la joue de Violette qui l'avait rejoint la veille dans la cuisine de Carte Noire.

— Il y a aussi le fait que je t'avais promis que tu pourrais venir à la soirée chez M. Secatto. Malheureusement, ce ne sera pas possible. Il y a un contrôle très strict sur les gens qui seront présents. Je suis désolé…

Violette battit des paupières pour masquer sa déception; Guido n'avait pas dû beaucoup insister pour qu'elle puisse assister au carnaval. Mais elle ne voulait pas se disputer avec lui, même si elle s'était fait une joie d'aller à cette fête et de se déguiser en fée Clochette. Elle était certaine qu'il l'aurait trouvée jolie.

— C'est aussi bien ainsi, mentit-elle, je n'avais pas trop envie de dépenser de l'argent pour louer un costume.

— Je serai tellement occupé que tu ne m'aurais pas vu.

Violette poussa un long soupir avant de dire qu'elle avait hâte que cette soirée soit derrière eux.

— Tu es de plus en plus nerveux! C'est ça qui t'empêche de dormir. Tu n'aurais jamais dû accepter ce contrat.

Il hocha la tête. Violette avait raison, même si elle ignorait les motifs réels de son anxiété : ce contrat qui lui laissait une si vaste part de création et des moyens considérables pour tout réaliser aurait pu être un des plus beaux événements de sa carrière. Mais ni lui ni Louise ne croyaient à une coïncidence entre l'arrivée de Secatto chez Carte Noire, la visite de Pelletier et le foutu paquet contenant un rat. Alors que le resto était ouvert depuis déjà trois ans?

— Nous avons eu trois excellentes critiques depuis le début de l'été. De quoi faire des jaloux, non? avait dit Louise, quelques jours auparavant.

— Tu dis ça pour me rassurer, mais je n'y crois pas. Toi non plus. Et Fortunato encore moins.

— Fortunato? s'était écriée Louise.

Elle n'avait pas encore révélé à Guido qu'elle avait vu Fortunato le matin où le colis avait été livré.

— Oui. Il s'intéresse à Pelletier. Je viens de parler avec lui.

— Qu'est-ce que tu lui as dit?

— Le moins de choses possible. Il est au courant pour le paquet. Il sait que tu étais là. Et il a trouvé bizarre, justement, que tu sois là pour le récupérer.

— C'est un pur hasard. Je me serais bien passée de découvrir cette horreur! Qu'a-t-il dit d'autre?

— Que ce n'est pas une menace à prendre à la légère. Il m'a parlé de racket. Je n'ai pas bronché. Enfin, je l'espère. Mais on ne peut pas se le mettre à dos. Nous sommes piégés.

— Je vais trouver une solution, avait décrété Louise. Toi, tu te concentres sur ton travail, sur la soirée.

— Peut-être qu'on reconnaîtra Pelletier là-bas?

— Calme-toi. Pense seulement à l'événement. Il faut que ce soit grandiose, que personne ne se doute de la pression que tu subis. Tu n'as que quelques jours devant toi pour que tout soit parfait.

— Je le sais mieux que quiconque, mais j'ai peur de perdre Carte Noire. Ça m'obsède!

Les bras de Louise avaient fendu l'air pour chasser cette idée.

— Ça n'arrivera jamais de mon vivant!

Un petit cri de Violette ramena Guido au présent, dans sa cuisine.

— Je me suis brûlée avec le bec de vapeur de la machine à café!

Guido prit la main de Violette, y déposa un baiser et souffla dessus pour chasser la douleur.

— Ça va mieux?

— Oui, je ferai plus attention la prochaine fois. Mais j'aime tellement faire des cappuccino! Quand j'ai découvert ce café, je n'en revenais pas du goût velouté. Chez moi, on buvait du café instantané. On avait des gâteaux préparés avec des mélanges pour nos anniversaires. Je trouve que la fille de M. Secatto a bien de la chance…

— Je te promets un fabuleux gâteau pour toi toute seule après le carnaval. Je veux te faire plaisir.

— Vraiment?

— J'ai même pensé à t'offrir le chien que tu as vu à l'animalerie…

— Il a été vendu, dit précipitamment Violette, mais c'est gentil d'avoir pensé à ce cadeau. D'un autre côté, je ne suis pas souvent chez moi, c'est peut-être mieux ainsi.

Cette proposition la rassurait un peu : Guido avait songé à un présent pour elle. C'était encourageant. Il la charmait de plus en plus et elle expliquait cette attirance par la complémentarité de leurs personnalités. Elle apprivoisait la mort pour libérer des misérables. Il magnifiait les dons de la nature, de la vie dans sa cuisine dans le but de faire oublier leur quotidien à ses clients. Tous deux, à leur manière opposée, dispensaient un bien-être absolu.

Louise regardait le Dr Jobin manipuler Merlin avec délicatesse, lui faire ouvrir aisément la gueule alors qu'elle avait tout tenté sans y parvenir.

— Il n'a rien mangé depuis deux jours. J'ai d'abord pensé à une indigestion, mais il n'y a aucune trace de vomi dans l'appartement.

— Je crois qu'il souffre d'une pharyngite. Des antibiotiques en viendront vite à bout.

— Il est si petit!

— Ne vous inquiétez pas, dit le vétérinaire en se lavant les mains.

— C'est contagieux?

— Non, non. Ne vous en faites pas pour Freya et Saphir.

Tandis que le Dr Jobin raccompagnait Louise à l'accueil avec Merlin blotti contre elle, elle ne pouvait s'empêcher de constater qu'il était cerné. Et comme à sa précédente visite, elle se demandait si elle devait s'enquérir de sa santé. Louise jeta un coup d'œil au babillard où étaient épinglées les photos de plusieurs chats disparus.

— Il me semble qu'il y en a beaucoup? fit-elle remarquer à la réceptionniste.

— Avec les déménagements, il y en a toujours qui se perdent.

— J'espère qu'ils retrouveront leurs maisons, dit Louise avant de quitter la clinique.

Tout en murmurant des paroles apaisantes à Merlin, elle se dirigea vers la droite d'où elle gagnerait une artère où il y avait toujours des taxis. Elle s'arrêta pour vérifier si elle avait bien glissé les médicaments du chaton dans son sac à main et le chat en profita pour grimper sur son épaule.

— Tu es un petit entêté, fit-elle en le caressant.

Merlin se lovait déjà contre la nuque de sa maîtresse, qui dut lever les bras pour le rattraper et le ramener vers sa poitrine. En se contorsionnant, elle vit sur sa gauche un Suburban gris qui se garait près de la clinique et se retourna aussitôt, remonta son capuchon, accéléra le pas durant quelques mètres puis s'arrêta. Elle fouilla dans son sac pour en tirer un miroir qui lui permettrait de continuer à avancer tout en jetant un coup d'œil à la voiture. Le Suburban était en tout point semblable à celui qui avait ralenti devant le restaurant. Et le type qui venait de refermer la portière était roux. Comme celui qui avait livré le colis chez Carte Noire. Georges Pelletier.

L'homme avait les mains vides et aucun chien en laisse. Peut-être qu'il venait chercher son animal, mais Louise en doutait. Elle crut durant un moment qu'il l'avait suivie puis se raisonna : Pelletier stationnait son véhicule alors qu'elle venait tout juste de quitter la clinique. Il n'y avait pas de voiture de ce côté de la rue quand elle était arrivée, le taxi avait pu la déposer tout près du trottoir.

Elle vit Pelletier s'arrêter devant la clinique, sortir son téléphone, échanger quelques mots avec un interlocuteur. Une minute plus tard, le Dr Jobin descendait les trois marches du perron et s'avançait vers Georges Pelletier, revenait avec lui vers le Suburban où il prit place. Louise se dissimula derrière un arbre et attendit, mais la voiture demeura sur place tandis que Merlin se mettait à s'agiter. Elle s'engouffra dans un taxi, donna son adresse, mais se retourna pour continuer à observer le véhicule où s'était assis le Dr Jobin. Troublée par ce qu'elle venait de voir, elle caressa distraitement son chaton jusqu'à leur destination.

Que faisait son vétérinaire préféré avec un criminel ? Depuis quand se connaissaient-ils ? Pelletier soumettait-il le Dr Jobin à la même protection qu'il avait «offerte» à Guido? Pourquoi le Dr Jobin n'avait-il pas alerté la police?

Une chose était certaine: Pascal Jobin avait l'air inquiet quand il avait rejoint Pelletier devant la clinique et ils ne s'étaient pas serré la main comme l'auraient fait des hommes ayant un rapport amical.

Georges Pelletier commençait sérieusement à insupporter Louise. Presque autant qu'Alberto Secatto.

Montréal, 5 août 2014

Rafaele scrutait le visage de son oncle tandis qu'il relisait la liste des invités du carnaval. Lui-même l'avait consultée plusieurs fois et avait décidé, après en avoir discuté avec Michaël Arpin, qu'augmenter le nombre d'hommes de confiance sur place ne serait pas suffisant : il fallait convaincre Alberto Secatto de renoncer au bal masqué.

— C'est ingérable ! répéta Arpin. Rafaele est d'accord avec moi. N'importe qui serait d'accord avec moi.

— Sissi a trop envie de se déguiser, je ne peux pas changer d'idée comme ça ! Elle veut étrenner le masque à feuilles d'or que je lui ai offert l'an dernier...

Arpin leva les yeux au ciel. Comment Secatto, si cruel, si inflexible, pouvait-il céder à tous les caprices de sa foutue gamine ? Il refusa de plier et proposa le compromis auquel Rafaele et lui avaient pensé. Et si les femmes seulement avaient le droit de porter des masques ?

— Ce sont les femmes qui aiment se travestir, pas les hommes, expliqua-t-il. Toi-même, ça t'ennuie de devoir porter une tunique, non ?

— Une toge, le corrigea Secatto. Celle de César. J'ai promis à Emilia de jouer le jeu. Mais je peux y penser...

— Les hommes ne doivent pas avoir droit au masque, insista Michaël Arpin. Que Sissi, Emilia et toutes leurs copines s'habillent en Cléopâtre ou en geisha ne sera pas un problème. Mais ne pas savoir quel type se cache derrière un masque est trop imprudent. Quelqu'un pourrait prendre la place d'un invité, même si on vérifiera l'identité de chaque personne.

— On ne dirait pas que j'invite des amis...

— Tu n'es pas aussi naïf, Alberto.

— Mais il y aura des patrouilles autour de la maison. Nos hommes à l'intérieur. Des vigiles. Des fouilles.

— Jusqu'à un certain point. Ce ne sera tout de même pas un contrôle aussi serré qu'aux douanes. Il y aura tous ces amis de ta fille dont on sait trop peu de choses…

— Et Sissi est bien capable d'inviter d'autres personnes à la dernière minute, renchérit Rafaele. Ma belle cousine est imprévisible… C'est l'été, des gens vont sortir dehors pour profiter des grandes terrasses ou pour fumer dans le jardin. Il y aura du va-et-vient. Michaël a raison de te dire d'oublier les masques. Du moins pour les hommes.

Alberto Secatto haussa les épaules et finit par marmonner qu'il se rangeait à leurs arguments, puis il aborda le sujet des Vitale, de leur présence accrue au casino. Arpin dressa un rapport détaillé de leurs dernières activités.

— Enfin, celles que nos hommes ont pu observer. Je pense que Marco Vitale est encore plus méfiant que le père. Et il doit nous réserver quelque chose, on l'a beaucoup vu chez la veuve de Rignatti. Il semble très attaché à sa tante Giovanna.

— Marco l'a toujours été. Je l'ai souvent croisé au resto quand j'y allais. Mais il n'aimait pas Rignatti.

— Parce que c'était nous qui le contrôlions. Il l'a déjà traité de vendu.

— Il devrait donc être content d'en être débarrassé et nous remercier.

— Si le fils Vitale nous remercie un jour, ce sera de lui avoir fourni un bon prétexte pour entrer en guerre.

— Les grands mots!

— Tu penses que j'exagère? Attends de voir ce qui va arriver.

Tandis que Michaël Arpin soulevait diverses hypothèses sur les décisions que pouvaient prendre les Vitale pour venger la mort de Rignatti, Rafaele nota que son oncle venait de regarder sa montre pour la troisième fois. Il n'allait pas tarder à couper la parole à son fidèle bras droit et à se lever pour aller souper au Ai Gondolieri. Rafaele se demandait s'il pensait à son aîné qu'il avait fait assassiner à la sortie d'un restaurant portant le même nom dans le Dorsoduro, à Venise. Celui où son père soupait tous les jeudis avec Stefano Grassi. Comme ces deux hommes lui manquaient! Il avait rêvé de Livio quelques jours plus tôt et ne s'en était pas étonné. N'était-ce pas l'anniversaire de sa mort samedi? Ce samedi où Alberto Secatto allait célébrer celui de sa Sissi adorée…

Rafaele songeait à la perversité de son oncle qui avait probablement fait assassiner son frère le jour de l'anniversaire de sa fille. Comme s'il voulait être bien certain de ne jamais oublier la date du meurtre. Comme s'il goûtait d'avoir pour toujours une raison officielle de sabler le champagne le 9 août. Secatto lui soulevait le cœur et l'envie de le tuer revenait en force cette semaine. Mais il avait résolu d'attendre que Vitale fasse un mouvement décisif pour agir, afin qu'on pense que Secatto avait été victime d'un règlement de comptes. Il n'allait certainement pas être accusé du meurtre de son oncle et croupir en prison! Il y était depuis des années, en prison, englué, enfermé, étouffé par la colère qu'il éprouvait contre Secatto. Après la mort de celui-ci, il retournerait vivre près de Venise, sur une de ces petites îles de la lagune. Il pêcherait le matin et réparerait des montres et des horloges l'après-midi. Libre, libre, libre. Et il irait souper chaque semaine au Ai Gondolieri, même s'il trouvait que son père avait manqué de prudence en observant cette routine qui avait facilité le travail de son assassin.

Rafaele revoyait les photos sépia sur les murs du restaurant, le petit porche à côté de l'entrée, le minuscule pont qui menait à cette table réputée, les assiettes copieuses, les viandes épaisses, les grands verres à vin. Il était adolescent quand il y avait soupé avec son père pour la dernière fois, mais il se souvenait parfaitement des plats qu'ils avaient choisis. Il les trouverait sûrement un peu trop lourds aujourd'hui, de facture trop classique, mais il retournerait au Ai Gondolieri et commanderait le menu qu'il avait partagé avec Livio dès que Secatto aurait cessé de respirer.

Il repensa à Louise Desbiens, qui lui avait fourni la liste des membres de la brigade et celle des extras engagés pour servir les convives, samedi soir. Il avait vérifié l'identité de chacun d'eux et n'avait relevé aucune irrégularité, mais il n'avait pu s'empêcher de s'interroger sur le peu de curiosité de Louise, qui ne s'était pas formalisée de cette demande inhabituelle. Comme si elle avait l'habitude de ce genre d'exigences. Peut-être était-ce le cas? Si Botterini était engagé comme traiteur chez des ministres, des équipes devaient sûrement veiller à leur sécurité.

Louise l'intriguait aussi par l'expression étrange de son regard, comme si elle était à la fois présente et absente. Et il se demandait pourquoi elle l'avait épié d'une des fenêtres de Carte Noire, alors qu'il était resté près de la voiture pendant que son oncle dégustait les merveilles du chef. Elle devait passer le lendemain à la résidence de Secatto, pour être certaine que tout le matériel nécessaire au banquet avait été livré. Il tenterait alors de la sonder subtilement.

Si Louise avait été plus jeune, elle aurait pu être son genre de femme. Si bien sûr il avait eu envie de partager son existence avec quelqu'un, ce qui n'était pas le cas. Il aimait trop le silence. Le calme de son appartement. Mais Louise parlait peu et ses jambes étaient bien galbées. Il était certain qu'elle s'adonnait au jogging. Il reconnaissait les mollets des marathoniens, l'étant lui-même. C'était un des avantages d'habiter à Montréal, il avait pu participer facilement aux marathons de New York et de Boston. Il y était d'ailleurs au moment de l'attentat de 2013 et avait rêvé durant plusieurs semaines de cette apocalypse qui lui avait fait découvrir qu'il pouvait mourir à tout instant. Il avait été stupéfait par cette vérité qui s'était imposée si brutalement. Et stupéfié d'en être aussi étonné; la mort ne faisait-elle pas partie de son existence depuis des années? Pourquoi lui avait-elle semblé soudainement réelle? Parce qu'elle avait été générée par le chaos?

Rafaele détestait les terroristes. Il les comparait à des ados sans cervelle, avides d'attention, insouciants des conséquences de leurs actes, d'une terrible arrogance à aimer autant faire planer leurs menaces sur l'humanité. Et qui lui valaient de perdre un temps fou à l'aéroport. Les exécutions devraient toujours être gérées par des professionnels qui connaissaient leur travail et avaient une cible précise et non par des illuminés qui se moquaient de multiplier les morts innocentes.

Il ne serait pas fâché de cesser de voyager quand il rentrerait à Venise. Être immobile et sentir le frétillement du poisson mordant à l'hameçon. Il repensa au pêcheur turc qui avait accroché avec son hameçon la veste de son père, qui avait vu apparaître sa main au bout de sa ligne, la main de Livio flétrie par le séjour en mer mais où brillait toujours le jonc en or blanc. Stefano avait grassement récompensé le pêcheur qui avait résisté à l'envie de voler ce bijou. Il avait pu le récupérer après l'autopsie de Livio et l'avait remis à sa mère. Rafaele revoyait la bague à l'index gauche de Maria; elle ne l'avait plus jamais enlevée et la baisait rituellement matin et soir. Elle lui reviendrait quand elle décéderait à son tour.

Est-ce que la grosse bague sertie d'un rubis serait remise à Sissi après la mort d'Alberto? Comme il avait hâte que les Vitale déclarent la guerre!

* * *

Montréal, 6 août 2014

Violette était restée dans le parc de Rouen durant près d'une heure, assise sur un banc, espérant qu'une proie se présenterait rapidement. Elle tenait une bouteille de vodka entre ses cuisses et s'efforçait de ne pas regarder sa montre trop souvent. Elle était pourtant habituée à être patiente! Mais tout l'agaçait cette semaine! Tout l'énervait depuis que Guido lui avait dit qu'elle n'irait pas au carnaval.

Elle n'avait pas cru à ses explications au sujet des mesures de sécurité et le fait qu'il serait trop occupé pour profiter de la soirée avec elle. Guido était probablement comme tous les autres hommes, un type qui hésitait à s'engager. Sinon, il aurait été fier qu'elle le rejoigne chez Alberto Secatto. Et il lui téléphonerait plus souvent. Elle avait beau se répéter que Guido était obsédé par l'organisation de la soirée et que tout rentrerait dans l'ordre après le carnaval, elle n'y croyait qu'à moitié. Il était trop distrait depuis quelques jours. Absent. Nerveux. Comme un homme qui a quelque chose à cacher. Une autre femme?

Il avait le choix parmi toutes celles qui venaient s'attabler chez Carte Noire et s'exclamaient devant son talent. Elle se rendrait au restaurant le lendemain soir, histoire de ne pas se faire oublier. D'un autre côté, Guido ne lui avait-il pas proposé de lui acheter un chien? Cette offre l'avait vraiment surprise. Et touchée. Il semblait l'apprécier lorsqu'ils étaient ensemble. Il lui avait même dit qu'elle l'apaisait. «Je donne du plaisir aux gens avec mes plats, mais toi tu m'apportes le calme qui me manque.» Elle devait cesser d'imaginer qu'il imiterait

133

ce fiancé qui l'avait trahie. Elle ne pouvait pas se tromper à ce point sur Guido, il ressemblait trop à son premier amour pour que ce ne soit pas un signe du ciel! Elle se souvenait de son étonnement lorsque Dorothée lui avait présenté le jeune chef. Il l'avait trouvée très réservée alors qu'elle était plutôt sous le choc de voir le sosie d'Edmond. Edmond disparu lors d'un voyage en Amérique latine.

Elle devait croire en Guido! Peut-être arriverait-elle à le faire revenir sur sa décision, pour le bal masqué?

Un couple qui se chamaillait à l'entrée du parc attira l'attention de Violette. Une grosse femme qui semblait s'être habillée avec une tente essayait d'attraper la bouteille que son compagnon tenait à la main tandis qu'il esquivait ses tentatives en lui disant que c'était lui qui avait payé le vin et que c'était lui qui le boirait. Lorsqu'elle essaya à nouveau de saisir la bouteille, il la frappa avant de lui tourner le dos. Elle rugit en tombant à la renverse, tenta de se relever sans y parvenir et se mit à lui crier de revenir, qu'il n'avait pas le droit de la laisser toute seule.

Violette la détailla et évalua que, étant plus petite qu'Armand Noël mais plus ronde, elle pouvait être d'un poids équivalent. Elle s'approcha d'elle lentement, constata qu'elle dégageait, comme elle s'y attendait, une odeur acide d'alcool et se remémora certaines gardes de nuit à l'hôpital quand des policiers déposaient aux urgences des clochards comateux et puants. Elle rendrait service à cette femme en la délivrant de sa lamentable vie d'errance.

— Viens, on va s'asseoir sur le banc. C'était ton chum?

— C'est pas ça, un chum, gémit la femme. Un chum, ça garde pas toute la boisson pour lui. Y avait dit qu'y m'en donnerait. C'est juste un cristi de menteur.

— Mais moi, je peux t'en donner, souffla Violette en tirant la bouteille de sa sacoche. J'ai de la vodka à l'herbe de bison.

Les yeux de sa proie s'écarquillèrent en voyant le goulot de la bouteille.

— T'es qui, toi? La fée des glaces? T'es trop fine!

— Moi aussi, je me suis fait sacrer là par mon chum, mentit Violette. Je veux tout oublier. Je m'appelle Marie.

— Moi aussi! s'esclaffa la pocharde. Tu parles d'un adon!

— On serait mieux de se trouver un coin plus tranquille pour boire, dit Violette. Je trouve qu'on est trop près du poste de police.

— Ils s'en sacrent, de nous autres.

— Mais moi, je ne me sacre pas d'eux. J'ai eu assez de problèmes avec les bœufs. Viens, on va aller ailleurs.

Marie sembla hésiter un moment mais, à la vue de la bouteille, la soif l'emporta sur la paresse et elle suivit Violette dans un coin isolé. Des parpaings abandonnés leur servirent de banc. Violette tendit la bouteille à Marie, qui s'en empara avec une rapidité surprenante, et guetta les réactions de la femme, en espérant qu'elle ne recracherait pas l'alcool auquel elle avait ajouté une décoction de feuilles et d'écorce d'if. Mais Marie parut satisfaite du goût de l'alcool et but de longues rasades avant de rendre la bouteille à Violette. Celle-ci fit semblant de boire à son tour, après avoir essuyé le goulot avec le bas de sa jupe de coton.

— Ça fait longtemps que tu sors avec ce gars-là? demanda-t-elle à Marie.

— Non. Une couple de semaines. Mais c'est fini. Moi, le monde *cheap*, je n'aime pas ça. Toi, t'es correcte. T'es pas comme lui. Pis t'as du bon stock.

— Tu trouves? Des fois, la vodka, c'est pas assez sucré. Comparé au vin, c'est plus amer, non?

— Je vais y regoûter, mais je pense pas.

Violette s'empressa de donner la bouteille à l'itinérante qui but plusieurs gorgées avant de hocher la tête.

135

— C'est pas sucré, c'est sûr, c'est moins écœurant. J'aime mieux ça.

Dans combien de temps les symptômes apparaîtraient-ils? songea Violette en s'efforçant d'oublier l'odeur de vieille sueur de Marie. Devrait-elle passer toute la soirée, toute la nuit avec elle pour relever les signes de l'intoxication? C'eût été tellement plus simple si elle avait pu injecter de la digitaline à Armand Noël!

* * *

Montréal, 7 août 2014

Louise avait rêvé durant la nuit que la clinique vétérinaire avait brûlé dans un incendie et l'image la hantait toujours lorsqu'elle finit de boire son sencha. Avec tout le travail que représentait le fameux carnaval, elle avait mis de côté ses inquiétudes au sujet du Dr Jobin, mais elles flottaient dans son inconscient et s'étaient rappelées à elle durant la nuit. Quand, en plus, elle n'avait pas réussi à faire avaler son comprimé à Merlin, elle s'était décidée à retourner à la clinique. Décidément, ses chats lui donnaient bien des inquiétudes depuis quelque temps, une vraie série noire!

Elle fut soulagée en poussant la porte de constater que la clinique était intacte et sourit à la réceptionniste.

— Je sais que je suis ridicule, mais je n'arrive pas à lui faire avaler sa pilule!

— Rassurez-vous, vous êtes loin d'être la seule.

En attendant le vétérinaire, Louise jeta un coup d'œil au babillard, s'étonna de voir les photos de deux nouveaux disparus, un superbe chat gris ardoise et une femelle écaille-de-tortue à poils très longs.

— Ce ne sont pas les mêmes que la semaine dernière, c'est inquiétant. Je me…

Louise s'interrompit en voyant apparaître le Dr Beaudoin qui venait de terminer une intervention du côté des salles d'examen et de l'hôpital. Elle le salua avant de désigner les photos.

— Il me semble que c'est une épidémie! Chaque fois que je viens ici, il y a de nouveaux disparus.

— Oui et ça m'inquiète. Il y a toujours des chats qui se perdent lors des déménagements du 1er juillet, mais à ce point-là?

— Vous en avez parlé à des policiers?

Le Dr Beaudoin hocha la tête avant de déplorer qu'on ne semblait pas le prendre au sérieux.

— Mais s'il y a un maniaque qui capture des animaux?

— C'est préoccupant, en effet.

— Je suis venue seulement pour que vous lui donniez son comprimé.

Le Dr Beaudoin sourit, saisit Merlin et l'emporta vers les salles de soin.

— Je vous le ramène dans deux minutes.

— Le Dr Jobin n'est pas là aujourd'hui? Est-il malade? Je l'ai trouvé cerné la dernière fois. C'est sûr que c'est une grosse responsabilité d'avoir ouvert cette nouvelle clinique. Au début, ça doit être difficile de…

— Ici, tout va bien, la coupa Sonia.

— Alors c'est chez lui qu'il a des soucis?

La jeune femme secoua la tête. Louise s'entêta, prêchant le faux pour savoir le vrai.

— Je comprends, bien sûr. Ce n'est pas facile de vivre un divorce, je sais ce que c'est.

— Non, non, ne put s'empêcher de protester Sonia, ils ne se séparent pas. C'est un couple très uni, malgré tous les problèmes qu'ils ont eus avec Simon…

Elle se tut, consciente d'avoir trop parlé. Mais Louise semblait aussi soucieuse qu'elle de l'attitude du Dr Jobin. C'était une des plus vieilles clientes de la clinique et elle assumait plusieurs fois par année le coût des castrations d'animaux errants. Et elle gâtait tout le personnel! Elle apportait des caramels, des biscuits, des petits gâteaux. C'était plus une amie qu'une cliente…

— Je croyais que le fils du Dr Jobin étudiait à l'étranger, mentit Louise, et qu'il viendrait travailler ici.

Sonia soupira en secouant la tête. Ils étaient si bien en l'absence de Simon-Olivier! Tout se passait à merveille et même si la construction de la nouvelle clinique avait été plus longue que prévu. Le Dr Jobin n'avait rien perdu de son enthousiasme, ne s'était jamais énervé, n'avait jamais bousculé quiconque, avait au contraire calmé ses associés que les coûts de dépassement des travaux angoissaient. C'était le patron dont rêvait tout employé! Jusqu'à ce que son maudit fils revienne.

— Travailler? s'énerva Sonia. Simon-Olivier ne sait rien faire de ses dix doigts à part brasser des cartes.

Elle répondit ensuite au téléphone en mettant les achats dans un sac qu'elle tendit à Louise. Elle lui adressa un petit salut de la tête tout en discutant avec une cliente dont le chien venait d'avaler un bas. Louise sortit de la clinique en réfléchissant à ce qu'elle avait appris. Un joueur pouvait contracter de très grosses dettes. Et si c'était le cas du fils du Dr Jobin?

Si c'était le cas, elle ne voyait pas du tout comment le soulager de ses angoisses et lui permettre de se consacrer sereinement à son travail et à son bénévolat auprès des jeunes de la rue et de leurs animaux.

* * *

Louise trouva une petite mine à Violette lorsqu'elle la vit entrer dans la cuisine, par la porte arrière. Elle lui adressa le plus cordial des sourires : ses prières avaient été exaucées, la jeune femme n'avait pu résister à l'envie de voir Guido. Guido qui venait de confier à Louise qu'il avait sûrement déçu Violette en lui expliquant qu'elle devait renoncer à assister à la soirée chez Secatto.

— Je sais bien qu'elle avait envie de se déguiser, mais c'est mieux ainsi.

— Pourquoi ? demanda Louise, qui avait songé, dans un premier temps, qu'il serait embêtant d'avoir une infirmière sur place si les premiers symptômes d'empoisonnement de Secatto apparaissaient trop vite. Puis elle s'était dit que Violette ferait une bonne suspecte pour les enquêteurs. Et qu'elle ne traînerait tout de même pas sa trousse de médicaments dans une soirée mondaine : elle n'allait pas administrer sur-le-champ un antidote à un malade sans diagnostic !

De toute manière, il y aurait des médecins au carnaval. Louise se souvenait de la liste des invités qui avaient des allergies, car elle devait leur remettre personnellement la description des plats qui trôneraient sur les grandes tables, afin qu'ils puissent éviter tout ennui digestif. Elle s'était d'ailleurs étonnée que trois *dottore* sur six convives ayant des allergies partagent la même intolérance au lactose. Louise ignorait si ceux-ci étaient généralistes ou cardiologues, urologues ou gynécologues, mais espérait qu'ils ne comptent pas parmi les derniers invités à traîner chez Secatto. Elle s'était toutefois résignée à ce qu'un médecin intervienne si le mafioso se mettait à suer, vomir, trembler, tituber, étouffer ou s'évanouir.

— Je ne veux pas mêler Violette à nos histoires, reprit Guido. J'ai déjà assez de choses à penser sans avoir à m'inquiéter pour elle !

— Elle doit être vraiment déçue. Que veux-tu qu'il lui arrive au cours de cette soirée?

— Je ne sais pas…

— Vous commencez tout juste à sortir ensemble. Tu fragilises votre relation en ne tenant pas tes promesses.

En s'entendant parler comme un livre de psychologie populaire, Louise eut l'impression de s'être approprié le discours de Dorothée. Dorothée qui était venue la veille au restaurant pour tenter d'en savoir plus sur les amours de Guido et de sa protégée. À voir l'air sombre qu'avait affiché Mélissa en découvrant sa mère attablée avec le chef pour boire un café, Louise s'était dit que les choses ne s'arrangeaient pas entre sa jeune employée et la nouvelle femme de son ex. Et qu'elle ne s'en mêlerait surtout pas. Dorothée s'était plainte qu'elle ne voyait plus sa fille parce qu'elle travaillait trop. Mélissa avait rétorqué qu'elle gérait bien son temps et s'était réfugiée dans la chambre froide pour échapper à de nouvelles lamentations. Quand elle en était ressortie avec le bac de légumes à éplucher, elle avait jeté des regards à droite et à gauche, interrogé Louise.

— Maman est repartie?

— Elle est retournée jaser avec Guido.

— De Violette Cartier, j'imagine… Elle est tellement fière d'être celle qui l'a présentée à Guido! D'un côté, c'est aussi bien, elle ne s'occupe pas de mes histoires d'amour pendant ce temps-là. Par contre, j'aime beaucoup Guido et je trouve que Violette est trop bizarre.

Louise, qui s'interrogeait sur Violette depuis la découverte de la fiole d'Euthanyl, avait écouté, pour une fois, ce que Mélissa avait à lui dire.

— Bizarre?

— Quand on lui parle, elle jette des coups d'œil à droite et à gauche, comme si elle attendait quelqu'un ou surveillait quelque chose. Elle semble toujours à l'affût…

— À l'affût? De quoi?

Mélissa avait haussé les épaules, incapable de définir davantage son impression.

— C'est peut-être parce que je l'ai vue se comporter de façon étrange devant un commerce de notre quartier. Elle a caressé si longtemps un chien que je me suis demandé si elle attendait son maître.

— Et alors?

— Elle l'a juste dévisagé lorsqu'il est sorti de la boutique. Je ne voudrais pas qu'elle joue dans le dos de Guido.

— Tu penses qu'elle lui ment? avait avancé Louise.

— Pas nécessairement. Mais c'est une manipulatrice, c'est sûr et certain. Elle a séduit ma mère en un temps record. Parce que Violette pleurait sur une vieille patiente, maman admire sa sensibilité. Moi, je trouve qu'elle s'est consolée très vite de la disparition de son chat.

— Elle avait un chat?

— C'est ce que j'ai cru comprendre, mais elle n'en a pas beaucoup parlé. Je n'ai pas insisté. Je suppose qu'il a été enlevé par le maniaque qui rôde dans notre quartier.

— J'ai vu des photos de chats disparus chez le vétérinaire. Ça serait l'œuvre de ce malade?

— Les maîtres ont mis partout des affiches de leurs chats, offert des récompenses, mais je ne sais pas s'ils ont parlé aux policiers. Je suppose que ça ne serait pas une priorité pour eux.

Non, la priorité pour tous les corps policiers serait bientôt la mort de Secatto. Deux jours. Dans deux jours, si tout allait bien, Secatto se tordrait de douleur. Et quelques heures plus tard, ses hommes et tous les enquêteurs de la province se demanderaient qui était son assassin.

— Louise? dit Guido. Louise? Tu m'écoutes?

— Tu me disais que tu ne voulais pas de Violette au bal masqué, lui répondit Louise, émergeant de ses réflexions.

— Je sais qu'elle m'en veut un peu, continua Guido, mais je vais me faire pardonner. Je devrais lui proposer de l'emmener à Chicago…

— Pour l'anniversaire de ton mentor? De ton chef préféré?

— Ne lui dis rien, ce sera une surprise.

Louise adressa un sourire de connivence à Guido et quitta la cuisine pour se diriger vers Violette, qui discutait avec Geneviève.

— Veux-tu une coupe? s'enquit-elle.

— Du champagne? s'étonna Violette.

— Pourquoi pas? C'est toujours bon. Comme disait Napoléon: «Dans la victoire, je le mérite, dans la défaite, j'en ai besoin.» J'ai eu une longue journée et toi, tu sembles fatiguée… Des problèmes avec tes patients?

— Ça fait partie du métier. Travailler avec le public n'est pas toujours facile. Vous en savez quelque chose…

— Tutoie-moi, je te l'ai déjà demandé. Sinon, je vais croire que je suis vieille.

Violette s'empressa de protester tandis que Louise saisissait la bouteille de Bollinger que lui apportait Geneviève. Elle remplit deux coupes et en tendit une à Violette, qui la leva en souriant.

— Je pense que je vais oublier mes soucis.

— *Salute!* fit Louise.

— Parles-tu italien?

— Un tout petit peu.

— J'aimerais avoir le temps de prendre des cours. Il me semble que ça ferait plaisir à Guido.

— Tu l'aimes vraiment beaucoup, si tu penses à apprendre l'italien...

Violette tourna la tête en direction des cuisines avant de sourire à Louise.

— Il m'impressionne. C'est un grand artiste.

— C'est vrai. Il a autant d'imagination que de sensibilité. As-tu vu ses plans pour le carnaval ? Ce sera vraiment époustouflant. Un grand événement ! Je ne te cacherai pas que c'est stressant. Pour nous tous, mais particulièrement pour Guido. Il est très tendu, ces jours-ci. Mais je le connais bien et je sais qu'il sera en possession de tous ses moyens pour faire du carnaval un succès éblouissant.

Tout en notant l'air rembruni de Violette, Louise fit une pause avant d'ajouter qu'on parlerait de cette soirée durant des années.

— Des années, répéta-t-elle. Ce sera une féerie !

Violette allait-elle réagir ?

— J'aurais aimé voir ça, laissa-t-elle enfin tomber. Mais Guido a changé d'idée. Il dit qu'il n'aura pas une minute à me consacrer et...

Louise s'empressa de l'interrompre en remplissant sa coupe. Elle avait déjà noté que Violette buvait rapidement, comme si elle craignait qu'on ne la resserve pas.

— Tu es une grande fille, Violette. Tu n'as pas besoin que Guido s'occupe de toi. Veux-tu vraiment aller au carnaval ?

— Oui, c'est sûr. J'avais même une idée du costume que je voulais porter, sauf que Guido...

— Guido est stressé, mais quand il découvrira que tu es venue au carnaval, il sera bien content que tu sois là pour assister à son triomphe. Je peux m'occuper de ton invitation.

— Vraiment ?

— À une condition : pas un mot de notre entente à Guido. Les femmes porteront des masques. Tu n'enlèveras le tien qu'à la fin de la soirée. Sinon, il sera perturbé et on ne peut pas se permettre d'avoir un chef distrait alors qu'il aura besoin de toute sa tête !

— Tu peux vraiment me faire inviter ? fit Violette.

Elle pensa que cette soirée lui ferait oublier la déception de son échec avec Marie l'itinérante, qu'un travailleur social avait finalement dû amener à l'hôpital. Pourquoi avait-il fallu qu'il fasse une ronde ce soir-là ?

— Tu accompagneras une de mes amies, déclara Louise.

— C'est sérieux ?

— Je le fais pour Guido, mentit Louise. Je sais qu'il sera heureux de te voir.

Et s'il ne l'était pas, elle aurait droit à ses reproches. Mais une suspecte potentielle de plus sur la liste des enquêteurs, une suspecte ayant accès à des médicaments, cela valait largement la peine de courir le risque de déplaire à Guido.

Montréal, 9 août 2014

Un félin, songea Louise en regardant Rafaele Secatto, entièrement vêtu de noir, évoluer entre les invités. Une panthère, souple et dangereuse. Qui revenait toujours vers son oncle, comme une ombre, qui ne s'en éloignait jamais très longtemps. Il faudrait qu'elle profite d'un moment où une femme l'aborderait pour mettre le poison dans le verre de Secatto. Ce qui se produirait assurément. Louise avait entendu autant de commentaires flatteurs sur le physique de Rafaele en cuisine qu'à la salle de bal, où les invitées s'interrogeaient sur le neveu de Secatto. Elle, qui n'accordait habituellement aucune importance à la beauté, avait porté une oreille attentive aux propos. Des amies de Sissi, déguisées en ballerine et en papillon, avaient déploré que son cousin soit si distant. Celle-ci avait acquiescé : bien sûr, Rafaele ressemblait à un mannequin, mais il était ennuyant.

— Il accompagne mon père partout, toute la journée et le soir. Ensuite, il rentre chez lui pour nourrir ses hippocampes et jouer avec ses horloges.

— Des horloges ?

— Il se passionne pour les mécanismes. Nous, on ne l'intéresse pas…

— Il est peut-être gay.

— Non, Jonathan et Francis sont sûrs que non. On peut se fier à leur jugement, ils repèrent leurs proies à des kilomètres. Rafaele n'est à… rien. C'est dommage, mais ne perdez pas de temps avec lui.

Les plats chauds avaient été enlevés. Louise aidait les serveurs qui s'activaient autour des grandes tables qu'ils nettoyaient avec une célérité professionnelle. Tous vêtus d'un pantalon noir et d'une chemise blanche, ils paraissaient encore plus sobres par contraste avec les invitées qui avaient rivalisé d'imagination pour arborer le costume le plus spectaculaire. Sissi, en robe lamée or et argent, portant un masque de cygne blanc à paillettes et d'incroyables chaussures aux talons de verre, s'était évidemment mérité le premier prix, un collier incrusté de diamants de chez Tiffany. Des saphirs avaient été offerts aux deuxième et troisième prix.

Dans la cuisine, Mélissa n'avait pu s'empêcher de dire qu'une seule de ces bagues aurait pu payer ses études universitaires, incluant un doctorat. Et même deux. Louise, elle, avait pensé que bien des chats errants auraient pu être nourris, soignés et stérilisés pour le prix des bijoux, que le Dr Jobin, lors de ses soirées de bénévolat, aurait pu donner des médicaments aux animaux des itinérants.

Il y eut des exclamations d'admiration lorsque les serveurs déposèrent les desserts sur les tables. On s'écria devant la reconstitution en meringue pralinée de l'Arsenal, les lions en pâte d'amande qui semblaient prêts à rugir, la pyramide de *gelati* de toutes les couleurs, les gondoles en chocolat noir, l'île de Murano brillant de sucre filé, celle de Burano en dentelle de pâte aussi fine que celle des hosties et les minuscules millefeuilles qui dessinaient les quartiers de Venise sur une nappe de gelée aux raisins verts où étaient piqués des vaporettos en nougat d'à peine deux centimètres. Alberto Secatto souriait d'aise en entendant les commentaires extasiés de ses convives et il fit un geste de la main vers Louise pour lui signifier de s'avancer vers lui.

— J'ai eu raison de vous faire confiance, dit-il en posant une main lourde sur son épaule. Mes invités vont se souvenir longtemps de cette soirée.

— Je l'espère, *signor* Secatto.

— Et moi aussi. Il faut que Guido vienne saluer quand les digestifs seront servis. Il a réussi au-delà de mes espérances. Même ma fille est satisfaite. Que peut-on souhaiter de plus ?

Il sembla à Louise que les invités mettaient un temps fou à déguster les desserts. La plupart s'étaient servis deux et même trois fois, et les bouteilles continuaient à se succéder sur les tables. Louise jeta un coup d'œil à Sissi et à ses amis, qui riaient bruyamment, se levaient, se rassoyaient, se relevaient, changeaient de place et discutaient du bar où ils souhaitaient finir la soirée. Qui resterait à traîner, à siroter digestif sur digestif ? Louise sentit un frisson la parcourir en prenant conscience que ce serait, contrairement à ce qu'elle avait cru, une bonne chose que plusieurs invités s'imposent chez Secatto : ils figureraient en bonne place sur la liste des suspects.

Elle présenta le gâteau aux amandes qu'elle avait préalablement découpé à Secatto, qu'elle servit en premier. Il prit une grosse bouchée, la savoura sous l'œil attentif de Louise.

— Je suis chanceux de n'avoir aucune allergie ! déclara Secatto. J'aime tellement tout !

— Ce serait triste, pour un gastronome tel que vous.

Secatto sourit avant de terminer le dessert et de retourner auprès de Sissi, qui venait de déclarer qu'elle allait s'amuser avec ses amis au Kommando.

— Tu quittes ton vieux père ?

— Tu ne seras jamais vieux, fit Sissi en lui donnant un baiser sur la joue. C'était une super fête ! La plus belle de toute ma vie. Mais il y a une terrasse sur le toit au Kommando, ça vient juste d'ouvrir. Je veux que tout le monde voie le cadeau que tu m'as fait !

Louise jeta un coup d'œil à sa montre. Elle ne devait plus tarder à faire boire à Secatto le cocktail à l'Euthanyl. Plusieurs convives étaient partis, mais une vingtaine d'invités s'étaient regroupés dans le salon bleu où plusieurs bouteilles de champagne les attendaient dans des seaux en argent, à côté de la grappa, des cognacs et des whiskies millésimés.

Les hommes s'étaient rapprochés de Secatto, qui faisait de grands gestes en discutant avec eux, des gestes imprécis qui traduisaient un certain état d'éthylisme qui comblait d'aise Louise. Les femmes, elles, se laissaient tomber sur les grands canapés dans un bruissement de tissu et détachaient leurs masques avec soulagement. Des cris de surprise, des rires fusèrent du côté des hommes lorsqu'ils connurent leur identité. Même Secatto parut étonné de découvrir que cette geisha qui avait joué régulièrement avec un éventail tiré d'une manche de son kimono n'était autre qu'une célèbre cantatrice invitée par Emilia Secatto.

— Je... j'aurais dû le deviner! avoua-t-il, beau joueur. Madame Butterfly... Mon opéra préféré! Rossini est le plus grand compositeur.

— C'est Puccini, l'auteur, eut l'audace de dire un petit homme derrière Secatto, qui se retourna aussitôt, manquant d'accrocher une bouteille de champagne posée trop près du bord d'une des tables.

— Qui a parlé de Puccini?

Tous les regards se tournèrent vers le malheureux inconscient qui avait osé corriger Secatto. Le pauvre homme blêmit, tenta de bredouiller qu'il n'était plus si sûr, finalement, que Puccini soit l'auteur. C'était tout aussi possible que ce soit Rossini.

— L'im... L'important, c'est que ce sont les Italiens les meilleurs à l'opéra. Tous les Italiens!

Secatto continua à le dévisager durant quelques secondes. Fort heureusement, une invitée s'avança pour lui demander de l'aider à détacher son masque et il oublia l'impudent en constatant que la femme qui lui faisait face n'était autre que sa cousine Gabriella.

— Gabriella? Je ne t'ai pas reconnue non plus!

— Oui, on a trinqué ensemble et tu ne t'es douté de rien !

— Tu es toujours aussi belle. Je n'en reviens pas… ça doit faire deux ans qu'on ne s'est pas vus. Il faut fêter ça !

— J'ai déjà trop bu, protesta Gabriella. Mais je suis à Montréal pour la semaine, on se reverra demain ou après-demain, si tu veux. On pourrait souper tous ensemble.

Emilia qui s'était approchée d'eux applaudit l'idée. Il était tard, elle aussi était fatiguée.

— On n'a plus l'âge de notre Sissi, mon chéri, dit-elle.

— Reste encore un peu, Gaby, insista Secatto.

— Je ne tiens plus debout, protesta Gabriella. Toi non plus. Tu devrais aller te coucher. C'était une fête formidable.

Gabriella leva son verre de champagne à la santé de son cousin, le vida, tandis qu'Emilia s'excusait auprès des invités en raccompagnant Gabriella à la sortie, où un des chauffeurs engagés pour la soirée l'attendait. Cette dernière avait attrapé Rafaele par le bras, disant qu'elle s'était ennuyée de lui et qu'il devrait lui consacrer du temps le lendemain.

— À moins que tu aies une belle fiancée qui t'en voudra de t'occuper d'une vieille parente ? Tu es devenu un beau jeune homme.

Louise s'était réjouie de voir Rafaele s'éloigner vers le hall d'entrée. C'était le moment ou jamais de verser l'Euthanyl dans le verre avant de le remplir d'une grappa hors de prix devant Secatto. Après s'être servie, elle leva son verre pour le faire tinter contre celui de l'hôte afin de l'enjoindre à boire en même temps qu'elle. Il ne pourrait refuser le toast qu'elle lui proposerait.

— À Sissi ! Que votre princesse se souvienne de cette magnifique soirée !

Secatto leva à son tour son verre et le vida en souriant. S'il n'avait pas autant bu durant la soirée, il se serait interrogé sur le goût particulièrement amer de la grappa et aurait voulu voir la bouteille, mais il se contenta de grimacer avant de retourner vers le grand salon. Sa démarche incertaine due à l'alcool l'obligea à s'appuyer contre un mur pour saluer un couple de fêtards qu'un garde du corps dirigeait vers les voitures enfilées les unes derrière les autres.

Dans le reflet du grand miroir de l'entrée, Louise surprit le regard intrigué de Rafaele qui ne quittait pas son oncle des yeux. Et qui la vit l'observer. Elle détourna aussitôt le regard avant de récupérer le verre vide sur la console et disparut vers la cuisine en s'efforçant de respirer calmement. Dans combien de temps l'Euthanyl agirait-il sur le système nerveux de Secatto? Est-ce qu'un des *dottore* présents sur les lieux allait intervenir? Elle repensa au regard de Rafaele, se répéta qu'il ne pouvait se douter de rien, puis elle récupéra deux autres verres vides, les rinça et les rangea dans les cartons que les employés placeraient bientôt dans le camion servant à transporter tout le matériel. Le verre de Secatto serait lavé avec trois cents autres. Anonyme. Sans histoire, sans secret. En revenant vers le hall d'entrée, Louise croisa Rafaele qui lui adressa un sourire pour la première fois depuis le début de la soirée. Elle le lui rendit tout en s'interrogeant sur sa signification.

— Il reste encore plusieurs invités, dit Rafaele.

— Oui, répondit Louise, dont le *dottore* Matteo. Je crois qu'il ne pourrait soigner personne ce soir, dans l'état où il est.

— Soigner?

— Il est docteur, non?

Rafaele sourit à nouveau avant d'expliquer à Louise que le terme *dottore* ne s'appliquait pas qu'aux praticiens, mais à tous ceux qui avaient un doctorat. Le professeur Matteo était recteur à l'université.

— Heureusement que c'est dimanche demain, car il n'aura pas l'énergie pour s'y rendre avant lundi. Je peux le raccompagner vers un taxi.

Rafaele secoua la tête ; ce n'était pas le rôle de Louise. Il fit signe à un des vigiles de s'approcher, lui confia le *dottore* confus avant de revenir vers Alberto Secatto qui s'appuyait toujours contre la porte. Blême.

— Je... Je suis étourdi.

Rafaele nota la sueur qui faisait luire le crâne de son oncle, qui semblait avoir de la difficulté à le regarder, comme si lever la tête était au-dessus de ses forces. Il l'attrapa sous le coude, le soutint comme il le put. Louise se précipita pour le prendre par l'autre coude tandis que Rafaele interrogeait le gros homme.

— As-tu mal au cœur ?

— Je... Je ne sais pas. Ça tourne. Je... Je devrais aller me coucher.

— Je t'emmène, fit-il en l'entraînant vers l'escalier.

— Je vous aide, proposa Louise.

— Non, mon oncle est trop lourd, dit Rafaele en hélant un des gardiens pour qu'il l'aide à monter Secatto à l'étage. Occupez-vous plutôt des derniers invités...

Louise aurait voulu continuer à observer les premiers signes d'intoxication chez sa victime, mais elle ne pouvait s'entêter à aider Rafaele sans l'intriguer. Elle se dirigea vers le grand salon en soupirant. Il lui sembla que Rafaele et le vigile mettaient bien du temps à redescendre... Elle devait se ressaisir : il n'y avait rien d'autre à faire que d'attendre.

* * *

Les deux hommes redescendirent enfin l'escalier, tandis qu'un des hommes de Secatto faisant office de gardien

151

reprenait sa place devant la porte ouest. Rafaele se joignit aux convives pour se permettre son premier verre de la soirée. Voir le visage congestionné de son oncle lui avait vraiment fait plaisir. Il tenait toute une cuite et, même s'il était habitué à consommer de l'alcool, il avait abusé d'un mélange de scotch et de grappa et serait certainement malade. Si seulement il pouvait s'étouffer en vomissant!

S'étouffer? Rafaele sentit le sang se figer dans ses veines. À quoi songeait-il? Il ne fallait surtout pas qu'il soit privé de sa vengeance! Il rêvait de le tuer depuis tellement d'années!

Un frisson le parcourut tandis qu'il imaginait le pire. Il s'efforça de terminer son verre tout en acquiesçant distraitement aux propos d'un des convives, mais dès qu'il eut déposé sa coupe, il se dirigea vers l'escalier pour s'assurer qu'il n'avait qu'inventé ce scénario. Ramassant au passage le verre d'eau fraîche qui lui donnait une raison de remonter voir son oncle, il dut faire appel à toute sa volonté pour gravir lentement les marches.

L'odeur, quand il revint dans la chambre, prouva que Secatto n'avait pas menti. Celui-ci avait vomi à côté du lit mais ne s'était pas étouffé. Il était toujours vivant, même s'il respirait avec difficulté. Rafaele se pencha vers lui, vit son visage très congestionné: se pouvait-il qu'il soit en train de faire une crise cardiaque? Non! Il n'avait pas le droit de lui échapper! Il ne pouvait pas mourir d'une banale crise cardiaque ou d'une indigestion le jour de l'assassinat de son père. Pas le 9 août! Non!

Il saisit un oreiller et l'appuya de toutes ses forces contre le visage d'Alberto Secatto. Celui-ci se débattit avec une vigueur qui surprit son agresseur. Rafaele monta à demi sur le lit pour accentuer sa pression sur sa victime, qui continuait à agiter les bras en tous sens en tentant de le repousser, mais de plus en plus faiblement. À aucun moment Rafaele ne relâcha sa pression sur l'oreiller. Quand il le retira, il détailla le visage de son oncle pour bien fixer cette image dans son esprit. Il posa tout de même un doigt sur la carotide de son oncle pour s'assurer qu'il ne rêvait pas : Secatto était passé de vie à trépas.

Rafaele déposa l'oreiller parmi la pile de coussins sur le lit, rajusta sa chemise et sortit de la chambre en refermant la porte pour éviter que l'odeur dégoûtante du vomi intrigue qui que ce soit. Il se félicita qu'Emilia soit déjà partie se coucher. Et que sa chambre soit dans l'autre partie de la maison. Il posa sa main sur la rampe de l'escalier pour en maîtriser le tremblement : ce n'était pas le meurtre qui lui avait donné ces palpitations, mais d'avoir eu si peur que cette mort lui échappe. Il se reprochait pourtant d'avoir agi sous le coup d'une impulsion. Cela ne lui ressemblait pas. Mais avait-il eu vraiment le choix ?

— Et alors ? fit une voix au pied de l'escalier.

C'était le mélomane qui avait évoqué Puccini et avait beaucoup bu pour se remettre de la frayeur qu'il avait éprouvée alors que Secatto l'avait dévisagé.

— Tout va bien, il ronfle, mentit Rafaele en souriant.

— Je peux aller lui porter une carafe d'eau, proposa Louise qui avait regardé Rafaele descendre l'escalier. À son réveil…

— Non, je m'en occuperai plus tard. Laissons-le se reposer. Et buvons un dernier verre à sa santé.

Rafaele sourit même s'il avait une furieuse envie de voir partir les invités qui s'attardaient au salon. Il devait faire un effort pour bavarder avec eux, détendu, affable, comme si rien ne s'était passé à l'étage. Comme s'il n'avait pas, pour la première fois de sa vie, perdu son sang-froid. Les invités lui serviraient ultérieurement d'alibi. Rafaele saisit une bouteille de champagne et allait remplir les verres quand Louise lui prit la bouteille des mains pour s'acquitter de la tâche.

— C'est à moi de faire ça.

— Non, vous en avez fait assez, dit Rafaele en braquant sur Louise un regard qu'elle ne sut interpréter. Sauvez-vous!

Comme Louise hésitait, il insista, la poussa vers la porte.

— Bon, très bien, j'ai dit à Guido que je le rejoindrais au restaurant. On se retrouve toujours ensemble après un banquet pour dévorer une pizza.

— Vous l'avez mérité!

— Vous aussi, vous n'avez rien mangé de toute la soirée. Je peux vous préparer une assiette et…

Rafaele la coupa et lui répéta de se sauver d'un ton sec qui intrigua Louise. Il semblait vraiment tenir à son départ. C'est alors qu'elle remarqua une tache d'une couleur verdâtre sur le revers de la manche gauche de sa chemise. Il suivit son regard, eut un sursaut de dégoût en devinant qu'il s'agissait d'une trace de vomi. Il pivota vers l'évier, s'empressa de passer le bout de la manche sous l'eau.

— J'ai dû me salir en déposant des assiettes vides sur la table. J'aurais dû laisser tout ça au personnel d'entretien qui sera là demain matin.

— Je peux rester pour finir de débarrasser, répéta Louise. Ce n'est pas grave si la brigade m'attend un peu.

Rafaele secoua la tête.

— Vous partez maintenant. Vous en avez fait beaucoup plus que votre contrat ne l'exigeait.

— Je regrette de ne pas avoir salué votre oncle avant de partir, fit Louise. Je devrais peut-être…

— Il ne s'en souviendra pas. Il croit qu'il peut boire autant qu'avant, mais il n'a plus trente ans. Vous aussi, vous méritez un bon repas. Et du repos, dit Rafaele en la poussant doucement vers la porte. Allez rejoindre Guido et félicitez-le encore de la part de la famille Secatto.

Louise acquiesça en souriant, s'étonnant de cette conversation alors que Secatto devait être en train de rendre l'âme à l'étage.

Quand elle sortit dans l'air humide de la nuit, elle inspira profondément. La soirée avait été longue. Elle gagna sa voiture en se rappelant l'expression de Guido quand, à minuit, Violette avait enlevé son masque, comme convenu entre elles. Il avait semblé éberlué puis avait ouvert les bras. Les applaudissements nourris des convives, au moment où Guido avait défilé avec toute sa brigade, l'avait rassurée : la soirée était un succès à la hauteur de ses espérances et Guido lui avait avoué qu'il était fier que Violette ait assisté à son heure de gloire. Et qu'elle ait pu savourer chacune de ses créations. Il avait eu tort de s'inquiéter pour elle. Elle était ravie de cette soirée et ils rentreraient bientôt ensemble à son appartement.

— Je suppose que tu es pour quelque chose dans la présence de Violette ici ?

— Tu ne m'en veux pas ?

Non, il ne lui en voulait pas. Le banquet s'était si bien déroulé, c'était tout ce qui comptait pour l'instant. Et fêter avec la brigade.

— Je ferai un dernier tour avant de partir, avait dit Louise.

— Tu promets de nous retrouver, avait dit Guido.

— Évidemment.

Évidemment qu'elle serait ravie de fêter avec la brigade, qui avait tant travaillé durant la soirée. Mais, dans l'immédiat, l'urgence était de profiter de la présence de Violette chez Carte Noire, avec Guido, pour pénétrer chez elle afin de glisser l'Euthanyl dans son sac de médicaments.

L'entrée de l'immeuble de deux étages où habitait Violette Cartier était mal éclairée, ce qui réjouit Louise, qui tenait à passer inaperçue. Même à deux heures du matin, elle se méfiait

155

d'une rencontre inopportune. S'il fallait qu'elle croise un des voisins de Violette? Elle poussa la porte de l'immeuble décati, tendit l'oreille, ne décela aucun bruit révélant une présence humaine. Elle jeta un coup d'œil aux boîtes à lettres, repéra V. Cartier sur l'une d'elles. Premier étage droite. Parfait. Elle n'avait qu'à avancer dans le couloir pour gagner l'appartement, y insérer le passe-partout et se débarrasser de l'Euthanyl.

Jamais elle ne s'était autant félicitée d'avoir eu le réflexe, l'année précédente, de récupérer le passe-partout de Lalancette, son ancien propriétaire tombé du toit de son immeuble. Comment avait-elle pu avoir cette présence d'esprit après l'avoir poussé dans le vide? Les clés étaient dans la poche de l'anorak qu'il avait enlevé pour pelleter le toit et, afin de s'assurer qu'il n'y restait aucune trace compromettante de sa présence, Louise avait eu la prudence de fouiller le vêtement et de subtiliser le passe-partout. À ce moment, elle s'était dit qu'elle pourrait ainsi entrer dans le bureau de Lalancette, jeter un coup d'œil à ses affaires pour en apprendre plus sur la vente de l'immeuble. Une fois chez elle, elle avait mesuré le danger que représentait une telle intrusion et y avait renoncé.

Elle inséra le passe-partout dans la serrure, retint son souffle et le relâcha avec soulagement en entendant un déclic. Elle tourna la poignée et, s'éclairant avec la lumière de son portable, entra dans l'appartement. Elle repéra la chambre, s'avança, vit le gros sac de Violette et tendit ses mains gantées de latex pour l'ouvrir et y déposer le flacon d'Euthanyl.

En sortant de la pièce, elle buta contre un sac de litière et s'en étonna. Violette avait-elle un nouveau chat? Elle s'immobilisa: une bête inquiète allait-elle se ruer sur elle? Elle n'avait pourtant rien entendu en pénétrant dans le logement. Et elle ne décelait toujours rien. Elle se dirigea vers la cuisine où elle imaginait trouver les gamelles du félin. Mais il n'y avait aucun plat sur le sol. Elle ouvrit les armoires, n'y vit aucune nourriture pour chats. Dans le réfrigérateur, elle ne trouva que des yogourts, des confitures (toutes de chez Carte Noire) et des fromages. Aucune boîte de pâté pour minou. Elle ouvrit machinalement le congélateur…

Et faillit s'évanouir.

Un chat gris, un chat blanc et une chatte écaille-de-tortue gisaient dans un sac transparent.

Louise tituba et s'appuya contre le comptoir, craignant de vomir. S'efforça de respirer en secouant la tête pour chasser la vision d'horreur. Avait-elle bien vu ce qu'elle avait vu ? Elle mit une longue minute avant d'oser à nouveau ouvrir la porte du congélateur. Elle ne s'était pas trompée. Il y avait bien trois pauvres chats morts entre deux bacs à glaçons.

Louise prit une grande inspiration, se força à se calmer. Elle devait réfléchir vite. Vite ! Elle ouvrit le congélateur et photographia les victimes. Pour avoir une preuve qu'elle n'avait pas inventé tout ça. Puis elle sortit en toute hâte de l'immeuble, pressée de fuir ce lieu maudit. Elle courut jusqu'à sa voiture garée trois rues plus loin et s'y réfugia en tremblant. Jusque-là, son plan avait semblé bien fonctionner, mais cette découverte, après la tension des dernières heures, la tétanisait.

Comment réussirait-elle à rejoindre la brigade chez Carte Noire, à plaisanter avec Guido, les employés et Violette maintenant qu'elle avait vu les dépouilles de ces pauvres bêtes ? Maintenant qu'elle comprenait pourquoi Violette avait de l'Euthanyl en sa possession ?

Louise serrait les dents pour s'empêcher de hurler sa colère devant tant de monstruosité. Elle frissonnait malgré la chaleur de la nuit et regretta de ne pas pouvoir avaler une bonne gorgée d'alcool pour se ressaisir. Elle prit néanmoins la direction du restaurant en se répétant qu'elle parviendrait à camoufler son trouble en face de la tueuse. Violette ne devait se douter de rien. Elle trinquerait avec elle et Guido et leurs employés comme si tout était normal. Elle eut une ultime pensée pour Secatto : dans quel état était-il à cette heure ? Vomissait-il tripes et boyaux ou avait-il rendu l'âme ?

Montréal, 10 août 2014

Il était huit heures vingt quand un hurlement retentit à l'étage. Rafaele, qui s'était entretenu avec une des femmes de ménage quelques minutes plus tôt, comprit que celle-ci avait poussé la porte de la chambre de Secatto qu'il avait fermée après le meurtre. Il grimpa rapidement à l'étage où la femme de ménage montrait la porte entrouverte en tremblant.

— C'est monsieur. Je pense… Je pense qu'il est mort!

Elle était si bouleversée qu'elle ne semblait pas incommodée par les relents du vomi qui maculait le tapis. Rafaele entra dans la pièce et se précipita vers la dépouille, vérifia son pouls à son cou, à ses poignets, puis il se dirigea vers la fenêtre pour l'ouvrir avant de revenir vers sa victime au moment où sa tante se précipitait dans la chambre.

— Alberto! cria Emilia. Alberto!

— Non, lança Rafaele comme s'il souhaitait lui éviter le triste spectacle.

— Alberto!

Emilia se rua sur le corps de son mari et Rafaele fit mine de tenter de l'arrêter mais la laissa secouer Secatto comme si elle tentait de le ranimer. Plus il y aurait de traces de divers contacts avec le mort, plus l'enquête serait compliquée. Il se contenta de poser une main compatissante sur l'épaule de sa tante.

— Ce n'est pas possible, ce n'est pas possible…

— Qu'est-ce qui s'est passé? demanda Rafaele à la femme de ménage.

— Je… Je ne sais pas. J'ai ouvert et je… Notre pauvre monsieur…

— Vous avez touché à quelque chose?

— Je… Je ne sais pas… Je… Ce n'est pas possible!

— Il faut appeler un médecin, déclara Rafaele.

— Pour quoi faire? gémit Emilia. Alberto est mort! Je lui avais dit qu'il finirait par avoir des problèmes en mangeant autant! Que ce n'était pas bon pour ses artères, toute cette crème, tous ces alcools. J'aurais dû l'arrêter hier soir quand il s'est rué sur les millefeuilles. Et le gâteau. Combien de fois je lui ai répété qu'il ne pouvait pas se goinfrer comme avant…

— Il faut joindre un médecin, dit Rafaele. On n'a pas le choix pour le constat de décès. Il devra déterminer ce qui l'a emporté…

— Un médecin?

— Oui. Et il appellera sûrement un coroner. La police. C'est comme ça que ça se passe. On ne peut pas faire autrement.

Emilia jeta un coup d'œil à la dépouille sans répondre. Son mari aurait détesté que sa maison grouille d'enquêteurs. Ils en profiteraient sûrement pour fouiner partout!

— Il faut avertir Michaël…

— Je l'appelle tout de suite. Veux-tu que je parle à Sissi?

Emilia déglutit, battit des paupières, mais déclara que c'était à elle de se charger de lui apprendre la nouvelle. Elle éprouva une sorte de vertige en se demandant comment elles vivraient sans Alberto. Si Emilia s'occupait de gérer la maisonnée, elle laissait tout le reste à Alberto et ne demandait jamais d'où provenait tout cet argent qui leur permettait, à elle et à Sissi, de jouir d'un tel luxe. Mais voilà qu'Alberto était mort! Était-ce possible? Elle ne lui parlerait plus jamais? Et Sissi? Sissi qui aimait tant son père! Elle émit une plainte, tout en fixant, hébétée, le corps de son mari.

— Je téléphone à un médecin, répéta Rafaele. Et à Michaël. On aura des décisions à prendre.

Emilia se tut quelques secondes avant de regarder Rafaele et de lui dire que c'était une chance qu'il soit là.

— Une chance? Alors que j'aurais dû me rendre compte qu'il était mal en point? Qu'il serait malade? Je pense qu'il s'est étouffé en vomissant.

— Que ce soit ça ou une crise cardiaque, tu n'aurais pas pu l'empêcher de se goinfrer. Pas plus que moi… Il a toujours fait à sa tête. Mon pauvre Alberto!

* * *

Le visage de Vincent Fournier exprimait l'incompréhension la plus totale. Avait-il bien entendu? Alberto Secatto était mort? Et le sergent-détective Kirkland était déjà sur les lieux?

— De quoi est-il mort? s'écria-t-il au téléphone.

— Je viens tout juste d'arriver, mais d'après ce que je comprends, il s'est étouffé en faisant une indigestion. Il y a eu ce méga party, hier… Le fameux carnaval dont notre source nous a parlé et Secatto était soûl comme un cochon. Il s'est couché, il a été malade et la femme de ménage l'a trouvé inanimé.

— Où?

— Dans son lit.

— C'est drôle, mais quand un type comme Secatto meurt dans son lit, ça me paraît trop normal. Et quand on me dit qu'il s'est étouffé, je suis porté à mettre en doute la thèse de l'accident.

— Oui, mais d'un autre côté, dit Kirkland, ça prend quelqu'un qui a une vraie paire de couilles pour tuer Secatto dans sa propre chambre. Il paraît qu'il restait une vingtaine d'invités qui continuaient à boire quand le Mammouth est allé se coucher parce qu'il ne tenait plus debout. Son neveu Rafaele Secatto et un garde du corps l'ont monté à sa chambre. Puis Rafaele est revenu pour prendre un dernier verre avec les invités et raccompagner les fêtards jusqu'aux taxis appelés par un vigile.

161

— Est-ce qu'un invité aurait pu se cacher dans la résidence de Secatto?

— La maison est immense, d'après ce que je vois. Mais ses hommes étaient sur place, des gardiens de sécurité. Secatto n'a sûrement pas reçu une centaine de personnes sans prendre de précautions. Il n'est… n'était pas fou. Je ne comprends pas qu'il y ait eu autant de monde déguisé.

— Quoi? s'étonna Fournier.

— Rafaele Secatto a dit que les femmes portaient des masques. Qu'il y avait un concours de costumes.

— Un homme se serait travesti? J'ai de la difficulté à imaginer ça…

— Tu es sexiste.

— Tu penses qu'une inconnue a pu étouffer Secatto? C'était plutôt un gros gabarit.

— Il était ivre mort.

— Quoi qu'il en soit, la liste des suspects va être longue. Ses proches, les invités… Ça fait du monde à interroger.

— Et on ne sera pas les seuls à s'intéresser à eux. Fortunato, du SPVM, est arrivé avant moi.

— On parle de trafic international avec Secatto, pas d'un problème municipal, s'écria Fournier. Je ne veux pas l'avoir dans les jambes. Il faut qu'on s'arrange pour que l'autopsie se fasse le plus vite possible!

— J'aimerais bien pouvoir dire «bon débarras», mais Secatto nous coupe l'herbe sous le pied en disparaissant. On a placé des jalons… Qu'est-ce qui va se passer, maintenant?

— Je voulais le voir humilié à son procès, renchérit Fournier. Condamné pour des années. C'est frustrant!

— Qui va prendre sa place?

— On peut s'attendre au pire.

— Qui est le coroner?

— Poirier. Un bon.

— C'est toujours ça de pris… Je te rejoins chez Secatto.

* * *

Violette avait quitté Guido vers 10 h et était rentrée chez elle pour déposer son costume et se changer avant de se présenter chez Armand Noël, à qui elle avait promis de l'accompagner à la messe. Elle envoya valser ses chaussures, enleva sa robe et se dirigea vers la salle de bain : elle avait besoin d'une bonne douche pour s'éclaircir les idées. Elle avait beaucoup bu la veille, tout ce champagne au carnaval, puis le vin rosé avec la pizza quand toute la brigade fêtait le succès de la soirée, puis à nouveau du champagne, chez Guido, après qu'il lui eut annoncé qu'il l'emmènerait à Chicago. C'était trop. Mais comment refuser du champagne au prix où il coûte ? Ce n'était pas avec son salaire d'infirmière qu'elle pouvait s'offrir du Mumm ou du Laurent-Perrier.

Sa clientèle buvait plus de thé, de déca et de tisane que de boissons alcoolisées, hormis un porto à l'occasion ou une bière en fin d'après-midi pour Armand Noël. « Pour me donner de l'appétit », répétait-il chaque fois. Elle ne le contredisait pas, ne faisait jamais de commentaires lorsqu'elle dénombrait les bouteilles vides dans la cuisine. Si un de ses patients avait envie de boire, elle n'allait certainement pas le priver de ce dernier plaisir. Elle n'était pas là pour juger de la manière dont ses patients menaient leur vie, mais pour décider du moment où celle-ci ne leur apportait plus que des soucis. Partager la chambre de sa grand-mère agonisante l'avait destinée à éviter le pire aux personnes âgées. Elle avait ce don de déceler l'instant précis où la qualité d'une existence était menacée. Et le pouvoir d'intervenir.

Violette resta sous le jet frais de la douche pendant un long moment, se sentant lentement revigorée. Elle était malgré tout en meilleure forme que Guido, qui avait terminé la nuit avec un scotch hors d'âge. Elle avait refusé d'en boire même s'il avait vanté les notes de cuir et de fumée du Bowmore.

— Mais j'y goûterai à Chicago, avait-elle promis. Je suis tellement contente que tu ne sois pas fâché que je sois allée à la fête…

Elle n'abuserait plus du champagne, n'aimant décidément pas avoir la gorge sèche comme c'était le cas actuellement. Certes, elle en boirait aussi souvent qu'on lui en offrirait chez Carte Noire, mais elle se montrerait plus raisonnable. Elle ne voulait pas donner une mauvaise impression d'elle à Louise qui lui avait si gentiment permis d'aller au carnaval. Louise qui s'était contentée d'un seul verre de bourgogne tandis qu'ils dévoraient la pizza. Elle avait avoué qu'elle était épuisée, s'était excusée et était rentrée chez elle après avoir fini sa part.

— Ça ne lui ressemble pas, avait dit Geneviève. Habituellement, Louise est toujours la dernière partie.

— Tout s'est déroulé parfaitement grâce à elle, avait fait remarquer Guido, et elle veut être impeccable demain. Comme toujours. C'était toute une soirée!

Oui. Toute une soirée, songeait Violette. Il faudrait qu'elle trouve un moyen pour remercier Louise de sa gentillesse. Une femme formidable, vraiment!

* * *

Rafaele Secatto aurait aimé observer le coroner tandis qu'il examinait son oncle et tirait ses premières conclusions, mais Frank Fortunato l'avait prié de répondre encore une fois à ses questions. Ils s'étaient assis dans la cuisine pendant que les hommes de la SQ, Kirkland et Fournier, parlaient avec Emilia, Sissi et la femme de ménage qui avait découvert Alberto. Rafaele avait répété tout ce qu'il avait déjà dit sans changer d'un iota sa version et il avait senti qu'il agaçait Fortunato. Mais à quoi s'attendait-il? Des révélations fracassantes?

Quand ils avaient enfin quitté la cuisine, il avait entendu le coroner annoncer qu'on pouvait enlever le corps d'Alberto Secatto. Il s'était approché de sa tante et de sa cousine, blotties sur un des canapés du salon, pour les réconforter. Il était ensuite revenu vers les trois enquêteurs qui surveillaient les opérations et vérifiaient des détails avec les techniciens en scène de crime qu'ils avaient fait venir sur les lieux. Rafaele avait alors interrogé Vincent Fournier – comment pouvait-on parler de crime? –, puis il avait un peu protesté, dit qu'on ne respectait pas le chagrin de l'épouse et de la fille du défunt. Mais il avait vite fait preuve de résignation et même d'une certaine collaboration lorsque Fournier lui avait dit que, si son oncle avait été assassiné, il serait sûrement heureux qu'on découvre son meurtrier.

— Bien évidemment, avait-il acquiescé. Mais pourquoi pensez-vous que...

— On ne pense rien pour l'instant. On attend le rapport d'autopsie. On fait toujours ce genre d'enquête quand une personnalité meurt, à plus forte raison, un homme comme votre oncle. Nous allons avoir besoin de la liste de tous les gens qui étaient ici hier. Et des relations d'affaires, des personnes qui travaillent pour monsieur Secatto.

Rafaele avait perçu l'ironie dans la manière qu'avait Fournier d'insister sur *monsieur* Secatto, démontrant un respect qu'il n'éprouvait pas du tout pour le défunt. Kirkland lui avait ensuite demandé d'expliquer à nouveau quel était son rôle auprès de son oncle.

— Je le protégeais.

— Il avait donc des ennemis, avait dit Fortunato. Alors pourquoi n'aviez-vous pas de noms à me donner plus tôt?

— Ennemis est un bien grand mot. Mais mon oncle est... était un homme d'affaires prospère, il avait forcément des concurrents. Et les quémandeurs! Il y avait toujours quelqu'un de la communauté pour lui demander quelque chose. J'étais là pour éloigner les importuns.

— Que voulaient ces quémandeurs?

— Des rabais, des prêts, des faveurs, des billets pour l'opéra. Mon oncle était trop généreux, il fallait le protéger contre lui-même.

Rafaele se félicitait d'avoir répété ce laïus destiné aux enquêteurs, sinon il n'aurait pu le leur servir sans ricaner: c'était tellement incongru de faire l'éloge d'Alberto Secatto, même s'il est vrai qu'il agissait comme mécène. Kirkland s'était intéressé à ce dernier point.

— Votre oncle s'est toujours passionné pour l'opéra. Est-ce qu'il y avait des chanteurs, hier soir?

— Non, enfin oui. Mais pas de spectacle. Ce n'est pas le genre de musique qu'apprécie ma cousine. Mais Judith Ellis est venue avec ses protégés, un musicien, un jeune ténor et une cantatrice, si je me souviens bien.

— Judith Ellis? avait dit Fortunato en redoublant d'attention. La femme du juge?

— Mon oncle l'a justement rencontrée au conseil d'administration de l'opéra. Elle n'est pas restée longtemps à la soirée.

— M. Secatto a-t-il aussi connu son mari? Car...

— Je suppose que tout ce beau monde est sur la liste des invités que vous allez nous remettre, avait coupé Kirkland.

— C'est Michaël Arpin, le bras droit de mon oncle, qui l'a conservée, avait répondu Rafaele. Il devrait arriver d'une minute à l'autre.

Après avoir transféré ailleurs certains documents du coffre du bureau principal de Secatto.

Rafaele lui avait téléphoné quelques minutes avant d'alerter la police. Il l'avait ensuite rappelé, devant les enquêteurs, quand ceux-ci l'avaient prié de fournir la liste de tous les gens qui étaient présents la veille chez Secatto. Arpin avait promis de se présenter au plus tôt.

— Michaël Arpin protégeait aussi votre oncle?

— C'était son bras droit. Avec autant d'affaires à gérer...

— Qui va hériter? avait alors demandé Frank Fortunato.

Rafaele avait haussé les épaules.

— Sa femme et sa fille, je suppose.

— Parce qu'avec tous les revenus de la blanchisserie, des magasins, des immeubles, on arrive à une belle somme. Assez pour motiver quelqu'un à s'en emparer.

— Que voulez-vous dire?

— Qu'on pense que votre oncle a été tué, avait dit Fortunato tandis que Fournier et Kirkland le dévisageaient avec stupeur.

— C'est prématuré, avait protesté Kirkland. Nous devons attendre le rapport d'autopsie.

Rafaele avait constaté avec satisfaction que la tension entre les enquêteurs des deux corps policiers allait sûrement s'accentuer et il se retenait de sourire quand Michaël Arpin était apparu, s'effaçant pour laisser passer la civière. Il avait adressé un signe de tête à Rafaele et aux enquêteurs, mais s'était dirigé vers Emilia et Sissi pour leur présenter ses condoléances. Puis il était revenu vers les policiers.

— Voici la liste que vous désiriez, avait-il dit en sortant une enveloppe de la poche de son veston. Peut-on faire quelque chose de plus pour vous, messieurs? Vos collègues semblent avoir terminé leur travail ici...

Arpin désignait les techniciens qui descendaient l'escalier, portant les mallettes où ils conservaient les prélèvements qu'ils avaient effectués.

Le coroner, qui observait le cortège, désireux de ne rien oublier, s'était arrêté devant les enquêteurs en leur promettant de leur donner des nouvelles de l'autopsie qui serait pratiquée dans les plus brefs délais. Le fourgon s'était éloigné lentement et les policiers avaient regagné leurs véhicules. Rafaele les avait suivis des yeux jusqu'à ce qu'ils atteignent le bout de l'allée, qu'ils dépassent les grilles qu'un gardien avait ouvertes pour eux.

— Les journalistes sont là, dit Arpin à Rafaele.

— Ils vont rester derrière les grilles. Personne ne peut entrer sans notre autorisation.

— Comme d'habitude.

— C'est ça.

Rafaele referma la porte de l'entrée principale derrière lui, goûtant la fraîcheur de la maison bien climatisée.

— Qu'est-ce que tu en penses? s'enquit Michaël Arpin.

— Que les types de la SQ vont vouloir se débarrasser de Fortunato, mais qu'il ne se laissera pas faire. Il est arrivé le premier, débordant d'enthousiasme. Comme un gamin le jour de Noël.

— Je te parle de la mort d'Alberto. Qu'est-ce qui s'est passé?

— Je n'en sais pas plus que toi, mentit Rafaele. Je l'ai monté à sa chambre avec un vigile parce qu'il était trop soûl. Il ne tenait plus debout.

— Il a toujours bien supporté l'alcool, fit remarquer Michaël Arpin, fronçant les sourcils.

— Oui, mais comme disait ma tante hier soir, il ne rajeunissait pas. Elle a tenté plus d'une fois de freiner ses excès...

— Tu as dit qu'il s'était étouffé en vomissant.

— C'est ce qu'il m'a semblé. À cause de l'état de la chambre. Mais c'est peut-être une crise cardiaque. C'est ce que l'autopsie nous révélera.

— Il n'y a pas de troisième hypothèse ? Ils pensent qu'Alberto a été tué.

— On a vérifié l'identité de tout le monde, rappela Rafaele. Toi comme moi. On a tout contrôlé. Les gardiens étaient tous des hommes qu'on connaît bien. Tu crois que quelqu'un s'est introduit ici pour…

Arpin haussa les épaules.

— J'ai fait le tour de la maison avec les vigiles avant d'aller me coucher, reprit Rafaele. Tout était normal.

— Sauf qu'Alberto est mort et que les enquêteurs vont en profiter pour mettre leur nez partout. Kirkland et Fournier sont sur le dos d'Alberto depuis tellement longtemps… Tu étais encore en Italie quand ils ont tenté de le faire témoigner au procès de Vitale.

— J'en ai entendu parler. Les enquêteurs auront beau se démener, ils seront quand même obligés de conclure à une mort naturelle. Ce qui ne veut pas dire qu'on ne les reverra pas.

— Tu sembles bien sûr de ça…

— Soupçonnes-tu quelqu'un dans la liste des invités ? demanda Rafaele.

— Personne et tout le monde.

— Comme toujours.

Michaël sourit pour la première fois de la journée. Rafaele l'imita avant de dire que la nouvelle de la mort de son oncle serait rapidement ébruitée. Les journalistes avaient vu le fourgon des techniciens en scène de crime, le va-et-vient des enquêteurs.

— Va les voir, dit Arpin. Annonce-leur toi-même la mort de ton oncle. Tu t'exprimeras au nom de la famille. Tu diras qu'il est décédé dans son sommeil.

— Et que je n'ai rien de plus à ajouter.

Michaël Arpin hocha lentement la tête. Qu'aurait-il pu dire d'autre? Personne ne savait ce qui s'était passé.

— Je lui avais dit que ce n'était pas une bonne idée, ce maudit carnaval.

— Ce n'est pas parce qu'on n'a pas essayé de le faire changer d'avis, approuva Rafaele. Bon, je vais faire l'annonce et je reviens m'occuper de ma tante et de Sissi.

— Il va falloir les protéger des journalistes, filtrer les appels. Les courriels.

— S'occuper des mesures à prendre pour l'enterrement.

— Pour ça, tu auras du temps. On ne nous rendra pas la dépouille demain matin…

Rafaele soupira, sachant que Michaël Arpin avait raison. Le pathologiste chargé de l'autopsie d'Alberto Secatto serait conscient de l'importance de cette tâche et y consacrerait toutes ses énergies. Et même si les enquêteurs souhaitaient des réponses rapides à leurs questions, ils s'abstiendraient de bousculer l'homme qui pouvait leur apprendre ce qui avait causé la mort d'Alberto Secatto.

— Il arrive, dit Guido à Louise.

— C'est juste un moment déplaisant à passer.

— Comment peux-tu rester aussi calme ?

— Ça s'est bien déroulé hier soir avec la SQ, non ? C'est normal que les enquêteurs débarquent ici. Nous avons organisé la soirée où Secatto est mort.

— Il était bien vivant durant le carnaval ! C'est après notre départ qu'il est décédé.

— Tu répéteras tout ça à Fortunato.

— Il va nous reparler de Georges Pelletier.

— Et alors ? Quel lien pourrait-il y avoir entre ce truand, la mort de Secatto et nous ? On a été engagés pour faire du carnaval un moment inoubliable et c'est ce qu'on a réussi, un point, c'est tout. Rien à ajouter. De toute manière, tu as passé la soirée en cuisine.

— Oui, à suer pour que tout soit parfait ! Je n'ai pas vu grand-chose. Qu'est-ce que j'ai fait au bon Dieu pour mériter ça ?

— Fortunato va nous poser des questions, on y répondra et puis voilà.

Guido dévisagea Louise, impressionné. Il était pourtant habitué à son sang-froid ; on ne l'avait pas surnommée la Princesse des glaces sans raison.

En sirotant son thé blanc, Louise regardait maintenant Fortunato sortir de sa voiture et se diriger vers le restaurant. Elle déposa sa tasse et se rendit à la porte d'entrée pour accueillir l'enquêteur, lui offrit un café avant de lui suggérer de discuter dans son bureau. Elle adressa un signe de tête à Geneviève qui avait écarquillé les yeux en reconnaissant Fortunato, mais qui retourna à la cuisine pour préparer le cappuccino sans émettre le moindre commentaire.

— On vous attendait, commença Louise.

Fortunato parut un peu déstabilisé par l'attitude si naturelle de Louise et se répéta qu'il devait se méfier d'elle. La faire parler le plus possible, avoir une longueur d'avance sur Kirkland et Fournier. Quelque chose de solide, qui ferait qu'on ne pourrait pas lui retirer l'enquête. Le traiter comme une quantité négligeable. Quand il avait téléphoné à son ancienne partenaire pour lui annoncer qu'il se rendait chez Carte Noire, elle l'avait galvanisé par son enthousiasme : il avait raison depuis toujours de croire qu'il se passait des trucs pas catholiques dans ce resto. Il allait le prouver, lui, Frank Fortunato! Et il recevrait une promotion.

— Pouvez-vous nous en dire plus? fit Guido en les rejoignant dans la pièce. Aux infos, on a su que M. Secatto était décédé, mais rien d'autre.

— Pour l'instant, c'est tout ce qu'on sait. Mort dans son lit. On attend le rapport d'autopsie. Mais comme vous avez passé la soirée chez Secatto, j'aimerais que vous me racontiez ce que vous avez vu.

— J'étais dans la cuisine et très débordé, répondit Guido. Il y avait une centaine d'invités pour le carnaval.

— De mon côté, je veillais à ce que les choses se passent comme prévu. Tout s'est parfaitement déroulé.

— Donc, rien de spécial à signaler…

Louise secoua la tête.

— Est-ce que Georges Pelletier était présent à la soirée? vérifia Fortunato en fixant Guido.

Celui-ci esquissa une grimace. Il n'aimait pas penser à ce sinistre personnage.

— Je ne l'ai pas vu.

— Et vous? L'avez-vous revu après l'histoire du rat? Avant le fameux carnaval?

— Avant ?

— Il n'a pas déposé de nouveaux cadeaux ?

— On vous aurait prévenu, jura Guido.

— Donc, vous ne l'avez pas revu.

Louise se demanda si Fortunato avait suivi constamment Pelletier, s'il l'avait vu s'arrêter devant la clinique du Dr Jobin. S'il l'avait aperçue, elle, en sortir avec Merlin.

— Lorsqu'il a déposé son maudit paquet, il avait une casquette, un blouson. Je ne l'ai pas bien vu. J'ai examiné la photo que vous avez donnée à Guido. Tout ce que je peux vous dire, c'est que ce rouquin n'était pas au carnaval. Les femmes étaient déguisées, mais pas les hommes. Je l'aurais repéré. Excusez-moi, vous avez une trace de lait… De cappuccino.

Louise touchait sa propre joue pour indiquer à l'enquêteur où il devait s'essuyer, espérant le déstabiliser. Il passa aussitôt le revers de sa main sur sa joue droite avant de demander s'il y avait eu des incidents durant la soirée.

— Pas en cuisine, en tout cas, dit Guido. J'avais une brigade du tonnerre !

— Vous connaissez tous les employés qui avaient été engagés ?

— La plupart. Et nous avons dû fournir des informations à M. Secatto sur chacun d'entre eux.

Frank Fortunato émit un petit sifflement.

— Tout s'est fait dans la joie, l'allégresse et la confiance. Est-il vrai que M. Secatto était complètement ivre ?

— Tout le monde avait beaucoup bu, admit Louise.

— Mais lui ? Plus que d'autres ?

— C'était sa soirée. Il était content de son succès. Il a un peu abusé des digestifs.

— Il est allé se coucher avant que tous les invités soient partis, non ?

— Effectivement.

— Il fallait qu'il soit vraiment soûl pour abandonner ses amis…

— Ceux qui restaient avaient aussi abusé du champagne et des alcools, dit Louise. C'est toujours le même scénario dans de grosses fêtes comme celle-là.

— Mais personne n'a été malade.

— Pas à ma connaissance.

— À part Alberto Secatto…

— Il a été malade? s'étonna Guido en se tournant vers Louise. Tu ne me l'avais pas dit.

— Je n'en savais rien, protesta-t-elle.

— Après être allé se coucher, précisa Fortunato. D'après son neveu, il se serait étouffé en vomissant. Les agents de la SQ ne vous ont rien raconté? Ils sont pourtant venus vous rendre visite, hier soir.

— Êtes-vous certain de ce que vous nous dites? insista Guido. M. Secatto a vraiment été malade? C'est gênant.

— Gênant?

Guido s'expliqua: il ne souhaitait pas qu'on répète partout que Secatto avait été malade après avoir goûté à tous les plats qu'il avait créés.

— Ce carnaval a été un succès! Je me suis donné corps et âme, je n'en ai pas dormi durant des jours! Je n'ai pas envie qu'on raconte n'importe quoi…

— Voyons, Guido, fit Louise en posant une main sur son épaule. Ce n'est pas surprenant que Secatto ait fait une indigestion après tout ce qu'il a mangé! C'était un ogre. Tu le sais, sa femme tentait toujours de le modérer, mais il ne l'écoutait jamais. En tout cas, pas quand il venait souper ici. La dernière fois, il a pris deux desserts après l'assiette de fromages…

— Et son neveu? Il a beaucoup fêté, lui aussi? C'était l'anniversaire de sa cousine, non?

Louise secoua la tête: Rafaele Secatto était tout le contraire de son oncle.

— Pas du tout gourmand. Navrant. Un genre d'ascète…

— Un ascète? s'étonna l'enquêteur.

— Il préférait rester dans la voiture au lieu de souper avec son oncle, précisa Louise. La seule fois qu'il s'est assis avec lui ici, il n'a mangé qu'une sole grillée et il a bu de l'eau. Puis une tisane. Et il s'est contenté d'une orange pour dessert. Alors qu'il était chez Carte Noire!

Elle se tut durant une fraction de seconde, revoyant tout à coup Rafaele qui vidait d'un trait une coupe de champagne après être retourné voir son oncle dans sa chambre. Elle se rappelait pourtant parfaitement que Secatto avait dit que son neveu ne buvait jamais une goutte d'alcool, que c'était son seul défaut…

— Qu'est-ce qu'il y a? demanda Fortunato qui avait noté le trouble de Louise.

— Je sais bien que Rafaele était le chauffeur et le garde du corps de son oncle, dit-elle aussitôt, mais tout de même! Il nous faisait un peu pitié. S'il avait pris au moins un petit verre de vin…

— Alberto Secatto vous a-t-il semblé inquiet lors de ses dernières visites? Au carnaval?

— Pas du tout, répondit Louise. Il était très content de la soirée. Il nous l'a répété plusieurs fois.

— Sa fille Sissi aussi, renchérit Guido. Il paraît que c'était son plus bel anniversaire. C'est sûr qu'on avait de gros moyens.

— Vous vous souvenez des derniers invités qui ont quitté la fête?

Louise fit semblant de chercher à se rappeler qui était resté au salon pour continuer à boire tandis que Secatto s'était retiré dans sa chambre.

— Je ne connaissais pas les invités de M. Secatto, dit Louise, mais je me souviens que deux *dottore* étaient toujours présents près des seaux à champagne. J'avais leurs noms sur ma liste.

— Quelle liste?

— Celle des allergies. De nos jours, il y a toujours quelqu'un qui ne supporte pas le gluten, le lactose ou les fruits de mer. J'ai demandé à Mme Secatto de me désigner les gens qui avaient des intolérances afin que je puisse leur expliquer la composition des plats.

— Vous êtes très bien organisée, fit remarquer Frank Fortunato. Vous êtes vous-même restée jusqu'à la fin?

Louise eut un geste de la main; elle avait laissé Rafaele Secatto s'occuper des derniers invités après s'être assurée qu'il y avait des choses à grignoter, du vin et du champagne au frais, puis elle était partie.

— Vous n'avez croisé personne en chemin?

— À cette heure-là? se contenta-t-elle de répondre. Je me suis dépêchée de rejoindre la brigade pour fêter le triomphe de Guido.

— Le dernier repas d'Alberto Secatto, tout un exploit!

— Taisez-vous, gémit Guido. Je n'y suis pour rien…

La sonnerie du téléphone les fit sursauter tous les trois. Louise saisit le récepteur, fronça les sourcils avant de dire que ni elle, ni Guido Botterini ne feraient de déclaration au sujet de la soirée chez Alberto Secatto.

— Ça commence, les prévint Fortunato. Attendez-vous à ce que les journalistes veuillent savoir en détail ce que vous avez servi samedi soir.

Il fit une pause avant de dire qu'il aimerait bien lui aussi avoir le menu de la soirée.

— Le menu?

— Pour me faire une idée. Je le prendrai à ma prochaine visite. Il faudrait bien que je finisse par manger ici, un jour.

Louise et Guido le raccompagnèrent jusqu'à la porte. Qu'ils ouvrirent et refermèrent dès qu'ils aperçurent la camionnette d'un réseau de télévision.

— La journée va être longue, se lamenta Guido.

Oui, songeait Louise en se disant qu'elle devait parler au Dr Jobin de l'intérêt de Fortunato pour Georges Pelletier. Intérêt qui semblait avoir redoublé avec la mort de Secatto. Oui, la journée serait longue, et bien plus encore si Violette venait voir Guido au restaurant ; l'idée d'avoir à feindre l'amitié avec elle la révulsait.

Rivière-des-Prairies, 13 août 2014

Giovanna Rignatti remonta légèrement le col de son chemisier de soie en s'assoyant sur la chaise que lui avait désignée un gardien. D'autres femmes, près d'elle, attendaient aussi l'arrivée des détenus, tentaient de maîtriser leur malaise ou leur angoisse et de se remémorer tout ce qu'elles avaient à dire à un mari, un frère, un fils emprisonné.

Tony Vitale paraissait plus en forme que la plupart des hommes qui s'installèrent en face des visiteuses. Il semblait avoir repris du poids et avait meilleure mine qu'à l'enterrement de Rignatti.

— Tu as l'air bien, commença Giovanna.

— Comment est-ce que je pourrais aller mal ? répondit Vitale en lui adressant un sourire radieux. Alberto a fini par crever ! On a réussi !

— C'est sûr que c'est une bonne nouvelle, concéda Giovanna, mais ton fils n'est pour rien dans la mort de Secatto.

— Pardon ?

Tony Vitale s'était reculé sous l'effet de la surprise, mais se rapprocha aussitôt de sa belle-sœur. Il avait pourtant mis un contrat sur la tête de son rival.

— Marco et tes gars n'y sont pour rien.

— Alors qui nous a débarrassés de Secatto ?

— C'est ce qu'on se demande. À la télé, on a seulement annoncé sa mort, mentionné que des enquêteurs de la SQ et du SPVM avaient été vus chez lui et que…

— J'ai entendu les mêmes infos que toi, l'interrompit Tony Vitale, mais on a quelqu'un chez Secatto qui…

Giovanna haussa les épaules : oui, Marco avait offert assez d'argent à Georges Pelletier pour qu'il accepte de livrer des informations au clan Vitale, mais si elle avait bien compris, jusqu'à maintenant, les hommes de Secatto ignoraient tout des circonstances de la mort de leur chef.

— Même Arpin? Même le neveu? Voyons donc! Il faut que Pelletier se grouille un peu, qu'il nous prouve qu'on ne le paie pas pour rien! Les escouades n'ont pas investi le manoir du Mammouth pour présenter leurs condoléances!

— Il paraît qu'il n'y avait que Rafaele et Arpin quand les enquêteurs ont débarqué. Et Emilia et Sissi. Mais personne d'autre de l'organisation. Les enquêteurs ont débarqué chez Secatto, ont enlevé le corps. Il est rendu à la morgue. C'est tout ce que Pelletier a pu apprendre de Rafaele. Mais l'important, c'est qu'il mange les pissenlits par la racine, non?

— Faut qu'on trouve qui l'a tué! déclara Vitale. Comprendre de quel bord ça vient, à qui profite la mort du gros.

— Ton fils cherche, tu peux me croire. Mais ce n'est pas si simple. Il y a beaucoup de gens qui n'aimaient pas Secatto. On n'est pas les seuls… Inutile de te dire que Marco s'attend à une visite des enquêteurs. Ils vont être certains que vous êtes mêlés à ça.

— Pour une fois qu'on n'a rien fait, ricana Vitale. Même mort, Alberto va nous donner du trouble!

— J'ai hâte d'aller cracher sur sa tombe, murmura Giovanna. J'irai à l'enterrement avec plaisir. Pour voir la tête d'Emilia et celle de Sissi surtout. Elle jouera un peu moins à la princesse…

— Toi, tu peux t'y rendre, mais personne d'autre. Les enquêteurs seront là aussi. Pas la peine de se faire remarquer. Transmets le message à mon fils. Même si ça lui tente d'assister aux funérailles, qu'il oublie ça. Tu me le jures?

— Je lui raconterai la cérémonie, sourit Giovanna. Avec plein de détails.

— Et à moi aussi.

— Tu peux y compter. Je devrai me retenir pour ne pas prendre de photos.

Montréal, 13 août 2014

Louise regardait le babillard où étaient épinglées les photos des chats disparus depuis les dernières semaines. Avant de quitter son appartement, elle avait examiné avec attention les photos des chats qu'elle avait prises chez Violette. Les chats gris, blanc et écaille-de-tortue étaient là, devant elle, vifs et joyeux sur les clichés qu'avaient pris leurs maîtres. Avec leur nom, leur adresse, la promesse d'une récompense. Louise imaginait leur douleur quand ils apprendraient le sort funeste de leurs bien-aimés compagnons… Et regrettait de ne pas pouvoir leur apprendre qu'ils seraient vengés. Il n'était pas question de laisser l'infâme Violette assassiner d'autres bêtes.

Elle s'assit et tenta de continuer la lecture de *Va chercher*, le roman qu'elle avait commencé avant le carnaval et qu'elle avait tout de suite aimé, mais aujourd'hui, l'amitié entre Julia et le chien qu'elle avait recueilli ne parvenait pas à la distraire de ses pensées. Elle devait contenir sa fureur envers Violette pour se concentrer sur la meilleure manière d'aborder avec le Dr Jobin la question du lien qui l'unissait à Georges Pelletier. Non seulement elle ne pouvait admettre que cet individu compromette les activités du brave vétérinaire et l'empêche de sauver des vies à la clinique ou dans la rue, mais cette relation était beaucoup trop étrange pour ne pas l'inquiéter. Fortunato suivait Pelletier, l'avait vu déposer le colis, l'avait vue, elle, le ramasser et voilà que ce même Pelletier terrifiait le vétérinaire qu'elle voyait depuis des années. Ce genre de coïncidences ne lui disait rien de bon…

Un jappement bref, joyeux, provenant des salles du fond et le cliquetis des griffes d'un teckel sur le carrelage lui indiquèrent que la consultation du client qui la précédait était terminée. Elle vit apparaître le Dr Jobin, qui fronça les sourcils en la voyant.

— Il y a encore un de vos chats qui est malade ? s'étonna-t-il. Vous n'êtes pas chanceuse.

— Je vais vous expliquer, fit Louise en flattant Saphir qui s'agitait dans le sac de voyage.

Elle s'était sentie coupable de l'emmener avec elle, lui qui détestait tant les visites médicales, mais si elle était surveillée, il fallait qu'on croie qu'elle était vraiment venue à la clinique pour une consultation.

Louise attendit que le Dr Jobin ait refermé la porte de la salle d'examen avant de déclarer que c'était plutôt lui qui n'avait pas beaucoup de chance depuis un certain temps.

— Que voulez-vous dire ? demanda-t-il en suivant les gestes de Louise qui avait soulevé Saphir pour l'installer sur son épaule afin qu'il cesse de miauler.

— J'ai vu Georges Pelletier quitter votre clinique, il y a quelques jours.

— De quoi parlez-vous ?

— D'un homme qui n'a pas bonne réputation. Et qui semble vous effrayer.

— Je ne sais pas de quoi vous…

— Dr Jobin, l'assura Louise, je suis là pour vous aider. Il y a un enquêteur, Frank Fortunato, du service de police de la Ville de Montréal qui suit Pelletier depuis un bon bout de temps. J'ignore s'il sait que Pelletier est venu vous voir. Mais il est passé hier chez Carte Noire pour nous parler de lui. Pelletier travaille pour Alberto Secatto, l'homme qui fait les manchettes des journaux. Je voulais simplement vous prévenir. Le SPVM viendra peut-être vous rendre visite, alors si vous êtes dans une position difficile… si une éventuelle enquête…

— Mais la SQ est déjà venue ici ! répondit le vétérinaire.

Il ne releva pas le fait que Louise insinuait qu'il pouvait être compromis dans un quelconque délit. Il parut s'affaisser, chercher son souffle.

— La SQ ? Qu'est-ce qu'ils vous ont dit ?

L'homme dévisagea Louise, étonné par son ton impérieux. Il l'avait toujours connue inquiète pour la santé de ses chats, vulnérable. La femme qui se tenait devant lui semblait déterminée. À quoi ?

— Quel est votre lien avec Pelletier ? insista-t-elle. On peut peut-être s'aider.

— S'aider ?

— Pelletier fait partie de la mafia, martela Louise. Et je pense que vous le savez. Arrêtons de tourner autour du pot !

— Que voulez-vous que je vous dise ? Et pourquoi je vous…

— Pensez-vous que vous serez plus tranquille maintenant que le patron de Pelletier est mort ? Dites-moi pourquoi vous connaissez cet homme ! Je suis là pour vous aider, mais il faut que vous me parliez !

— M'aider ? marmonna le Dr Jobin. Vous avez une baguette magique ? Je ne comprends pas ce que vous faites ici.

— J'ai déjà eu des ennuis avec Pelletier. Lorsque je l'ai vu vous parler, j'ai compris que vous étiez dans une position délicate. Dites-moi ce qui se passe ! Je verrai ce que je peux faire.

— Faire quoi ? Vous avez des liens avec ces gens ?

Louise balaya cette question du revers de la main sans lâcher Saphir.

— Bien sûr que non. Mais je connais l'enquêteur.

Après tout, elle ne mentait pas…

— Vous vous décidez ?

Louise fixait le vétérinaire avec intensité : c'était par lui qu'elle pourrait obtenir des informations sur les progrès de l'enquête que menait la SQ. Elle espérait ardemment que ce corps policier soit, comme le voulait la rumeur, peu coopératif avec le SPVM. S'il fallait que les enquêteurs des deux services échangent leurs découvertes, elle aurait droit à un interrogatoire en règle.

— Vous voulez me parler ? répéta-t-elle.

Le Dr Jobin hésita, puis il reporta les confidences après avoir jeté un coup d'œil à l'horloge murale.

— Ce serait trop long à vous expliquer maintenant, mais je vous en parlerai demain, si vous êtes toujours d'accord.

* * *

Mark Kirkland et Vincent Fournier scrutaient le visage du Dr Mercier, le pathologiste qui venait de leur annoncer qu'Alberto Secatto avait probablement été étouffé.

— Étouffé ? dit Fournier. Et comment ?

— On a retrouvé des fibres dans la trachée de Secatto. On a comparé au tissu des taies d'oreiller qui étaient dans sa chambre et cela correspond.

— Il devait y avoir des traces sur la taie d'oreiller.

— Oui, des vomissures. Régurgiter est tout le contraire d'aspirer, au cas où vous l'ignoreriez. Secatto a pourtant des fibres et une plume collées sur la trachée. Ce n'est pas tout, ajouta le pathologiste, conscient que l'information qu'il s'apprêtait à divulguer risquait de désarçonner les deux enquêteurs. Il a aussi été empoisonné. Eh oui ! Étouffé et empoisonné.

— Empoisonné ? s'exclama Fournier.

— Je me corrige, c'est l'inverse : empoisonné et étouffé. Le tueur ne voulait vraiment pas rater son coup.

— J'avais raison ! dit Kirkland. J'étais certain que ce n'était pas une mort naturelle ! Pas pour Secatto ! Est-ce qu'il a vomi parce qu'il a été empoisonné ?

Le pathologiste haussa les épaules.

— Pour l'instant, on s'interroge. Soit il a vomi une bonne partie du poison à cause de l'indigestion, soit il a eu une indigestion à cause du poison. C'est l'œuf ou la poule. Il en a d'ailleurs mangé, des œufs. De caille. Et du canard. Et du bœuf, de l'agneau, du veau, du thon, de la sole, des crustacés, toutes sortes de desserts, du fromage… Il a beaucoup vomi dans son lit, mais il lui restait bien des aliments dans la panse.

Il désigna les chairs ouvertes de Secatto, pointa la couche de graisse formée sur les bords découpés.

— Ce n'était pas un adepte des diètes.

— Son neveu croyait à une crise cardiaque.

— Perspicace, le neveu. À plus ou moins long terme, c'est ce qui serait arrivé. L'obésité épuisait son cœur, ses artères. Mais je ne lui lancerai pas la pierre. Ce n'est pas facile de suivre une diète et je…

— Avec quoi a-t-il été empoisonné ? s'impatienta Kirkland.

— De l'Euthanyl.

— C'est un médicament ? s'enquit Fournier. Prescrit dans quel cas ?

— La mort.

Les deux enquêteurs le regardèrent sans comprendre.

— On s'en sert pour euthanasier un animal. Les vétérinaires injectent un calmant afin que l'animal ne souffre pas, puis ils donnent une injection létale d'Euthanyl. On a aussi utilisé ce poison pour des exécutions capitales aux États-Unis, mais il y a eu des ratés et il paraît qu'on a renoncé à ce produit.

— Où est-ce qu'on trouve ça ?

— Je dirais chez les vétérinaires.

Kirkland adressa un regard furibond au pathologiste : ce n'était pas le moment de faire de l'ironie à leurs dépens. Qui avait pu se procurer ce poison ? Qui l'avait administré à Secatto ?

185

— Il a vomi, ce qui complique l'évaluation de la quantité de poison qu'il a ingérée. Assez pour qu'on trouve des traces malgré les vomissements. Voyez-vous, il faut environ dix grammes d'Euthanyl pour tuer quelqu'un. L'Euthanyl est concentré à 240 mg/ml. Ça prenait donc une quarantaine de millilitres. L'Euthanyl existe en bouteilles de 250 ml, l'assassin en a peut-être encore en sa possession.

— Dans vos rêves, ricana Mark Kirkland.

— En tout cas, votre assassin voulait être certain qu'il périsse, répéta le Dr Mercier. Empoisonner, puis étouffer sa victime, cela démontre une certaine détermination. Secatto s'est peut-être débattu, mais il avait peu de chances de s'en sortir.

— Il a dû attendre qu'il soit couché, avança Fournier. Ça restreint notre champ d'investigation. La plupart des invités étaient partis, les employés du traiteur aussi…

— À condition que ce soit la même personne qui ait empoisonné et étouffé Secatto, précisa le pathologiste d'un air malin, et ça, je ne peux pas vous le dire. En revanche, j'aurai sûrement d'autres éléments à vous livrer. Les tests du laboratoire. Tout le monde y travaille.

— Vous n'avez rien trouvé sous ses ongles ?

Le médecin secoua la tête.

— Et sur les vêtements de la… de… du mort ?

Kirkland ne voulait pas désigner Secatto comme une victime ; il considérait qu'il n'avait eu que ce qu'il méritait. Il n'allait pas lui faire l'honneur de le décrire de la même manière qu'une pauvre femme agressée par un voisin, un honnête commerçant abattu lors d'un hold-up ou un collègue exécuté par un pourri.

— Il y a eu un vrai contact, insista Fournier. Pour étouffer Secatto, le meurtrier devait être collé contre lui.

— Oui, les techniciens en identification judiciaire ont cherché des fibres sur la couverture et il y en a un paquet. Son neveu s'est penché sur lui pour vérifier s'il était vraiment mort, sa femme s'est ruée sur lui, sa fille... Toute la *famiglia* s'est chargée de brouiller les pistes. On continue à chercher.

— Vous avez dit qu'il avait peu de chances de résister à son agresseur, mais ça prend tout de même une certaine force pour étouffer quelqu'un, non ?

— Secatto était groggy. Alcool plus Euthanyl... C'était davantage une question d'habileté et de souplesse que de force. L'agresseur ne pouvait pas être à califourchon sur la victime, pas avec un homme de cette corpulence. Il a fallu qu'il l'étouffe en se tenant de façon latérale.

Kirkland tira une des photos prises dans la chambre d'Alberto Secatto, tapota l'image.

— Vous voulez dire que le meurtrier s'est installé à côté de Secatto ?

— C'est ce que je crois. Ça prend une bonne pression, mais si l'agresseur est en forme, ce n'est pas difficile avec une victime à demi inconsciente.

— Ou endormie ? demanda Fournier. Vous ne nous avez pas dit vers quelle heure il serait mort.

— Je ne pense pas que son décès excède trois ou quatre heures du matin. Mais comme je vous l'ai dit, nous n'avons pas terminé... Maintenant, messieurs, si vous permettez, j'ai du travail.

Avant que Kirkland ou Fournier lui rappellent qu'il devait leur rendre ses conclusions au plus vite, le Dr Mercier les assura que ce dossier était prioritaire. Les enquêteurs sortirent du laboratoire de sciences judiciaires en silence, évaluant la tâche qui les attendait.

* * *

Guido Botterini déposa le verre de champagne avec satisfaction : le Taittinger rosé était assez structuré pour accompagner les escargots servis sur des cannellonis fourrés d'un flan de cresson. La sauce faite avec un fond de veau et du pinot noir allait trouver son écho dans l'assemblage du champagne, où il n'y avait que 30 % de chardonnay.

— Tu es satisfait ? fit Louise, soulagée de le voir enfin sourire.

— Peut-être que j'adopte la position de l'autruche, lui confia Guido, mais Secatto est mort depuis quatre jours et personne n'est venu... À part les enquêteurs. Maintenant qu'ils ont parlé à tous les employés, qu'ils ont eu la liste des extras qu'on avait engagés, ils devraient nous oublier un peu...

— C'est sûr qu'ils sont occupés avec tous les invités qu'ils doivent interroger.

— Je vais retourner en cuisine. Je voudrais une pause. Je dois me concentrer sur le menu d'automne. Septembre est à nos portes ! Avec un peu de chance, on me laissera travailler en paix, aujourd'hui.

— Espérons-le, convint Louise qui était loin d'en être convaincue.

Pelletier s'était montré discret depuis le décès de Secatto, parce qu'il était conscient que les enquêteurs se présenteraient inévitablement chez Carte Noire. Ce n'était pas le moment idéal pour revenir menacer Guido. Il réapparaîtrait dès qu'il aurait le champ libre. Quel que soit le camp pour lequel il travaillait. Guido pouvait bien souhaiter avoir la paix, mais Louise était persuadée que le calme ne reviendrait pas aussi vite chez Carte Noire. Ne serait-ce que parce que les enquêteurs se pointeraient au resto dès qu'ils auraient les résultats de l'autopsie.

— Je vais acheter les billets pour Chicago, dit Guido à Louise. Violette a hâte qu'on parte. Ça lui fait tellement plaisir!

— Ah oui? fit Louise d'un ton neutre.

Depuis la macabre découverte des chats dans le congélateur, elle se demandait comment elle pourrait piéger cette folle avant qu'elle commette un autre crime. À quel point était-elle déséquilibrée? Qui garderait des cadavres dans un congélateur? Chose certaine, Louise était bien décidée à empêcher Guido de partir avec cette tueuse. Mais avec les visites des enquêteurs, les curieux qui s'étaient pressés chez Carte Noire après avoir lu dans les journaux que Secatto y avait ses habitudes, Guido et les employés qu'elle devait apaiser, toute leur routine avait été perturbée. Louise n'avait pu réfléchir posément à la solution à adopter en ce qui concernait Violette Cartier. Un peu plus, pensa-t-elle avec ironie, et elle aurait demandé conseil à Frank Fortunato…

En repensant au détective, elle se demanda ce qu'il était advenu de la partenaire qui fouinait partout avec lui, l'été précédent. Où était passée Marie-Josée Bélanger?

* * *

Le Dr Jobin venait d'avaler deux cachets d'aspirine même s'il doutait qu'ils chassent sa migraine. S'il s'était réjoui un court instant en lisant l'annonce de la mort de Secatto dans *La Presse*, il avait déchanté: le mafieux avait des hommes qui prendraient sa place et des types pour continuer à exécuter le sale boulot, à impliquer des gogos comme Simon-Olivier dans les combines, à les menacer. Des types comme ce Pelletier, dont Louise lui avait parlé. Il ne comprenait pas encore pourquoi elle l'avait prévenu qu'un enquêteur du SPVM s'intéressait à Georges Pelletier mais il lui en était reconnaissant. De plus, Mark Kirkland venait d'annoncer sa visite et Pascal Jobin espérait en apprendre davantage.

Il fut surpris quand Kirkland lui présenta son collègue Vincent Fournier et encore plus quand celui-ci l'interrogea sur son emploi du temps pendant la nuit du 9 au 10 août.

— Samedi? J'étais à la pêche. Dans la Mauricie.

— Vous étiez accompagné?

— Oui. Les mêmes amis que d'habitude. Qu'est-ce que ça signifie?

Il fixait Mark Kirkland, qui tenta de le rassurer. C'était une question de routine.

— On est obligés d'interroger tous les gens qui ont eu affaire de près ou de loin à Secatto durant les dernières semaines.

— Et tous les vétérinaires de la région, compléta Fournier.

— Les vétérinaires?

L'incompréhension de Pascal Jobin se mua en stupéfaction quand Kirkland lui révéla que Secatto avait été empoisonné avec de l'Euthanyl. Qu'on trouvait dans les cliniques vétérinaires. Avait-il été victime d'un vol, récemment?

— Récemment, non. Le vol remonte à plus d'un an et il s'est produit dans l'ancienne clinique. Je ne suis pas le seul à avoir été cambriolé. À la même époque, plusieurs de mes confrères de Montréal ont été dévalisés, leurs pharmacies, comme celle de notre clinique, entièrement vidées. Des jeunes ont avoué avoir espéré trouver un éventail de drogues. Pour les consommer ou les revendre. Mais pour le vol à la clinique vétérinaire de Québec, personne n'a été arrêté. J'ai toujours espéré qu'il n'y avait pas eu de victimes, à la suite de ces cambriolages. C'est un produit très toxique! Secatto a vraiment succombé à l'Euthanyl? Dans les médias, on disait qu'il semblait être mort étouffé par ses régurgitations.

— Donc pas de vols récents? enchaîna Kirkland sans répondre à la question.

— Non. Vous pouvez vérifier mes stocks.

— Et votre fils, Simon-Olivier, où était-il dans la nuit de samedi à dimanche? reprit Fournier.

Pascal Jobin réussit à conserver son calme.

— Il était au casino. D'après ce qu'il m'a raconté quand je suis rentré.

— Vous l'avez cru?

Le vétérinaire émit un rire désabusé. Il y avait longtemps qu'il n'accordait plus aucune foi aux déclarations de son fils.

— Je suppose que vous pouvez vérifier, qu'il y a des caméras au casino. Ou des hommes de votre équipe qui ont vu mon fils.

Il y avait effectivement des détectives de la SQ sur place qui avaient signalé à Fournier la présence de Simon-Olivier Jobin. Il avait toutefois quitté le casino à deux heures du matin.

— Oui, pour aller manger une poutine à la Banquise.

— Mais il en est sorti assez vite.

— Et alors?

— On a perdu sa trace.

— Et vous pensez qu'il s'est rendu chez Secatto en pleine nuit pour le tuer? Pour ne pas payer ce qu'il doit à cette bande de mafieux? Après avoir mangé une poutine?

Le ton sarcastique du vétérinaire surprit désagréablement Kirkland. Il le préférait inquiet et soumis.

— Votre fils a pu subtiliser de l'Euthanyl à votre clinique. Pour le remettre à un complice.

— C'est du délire! protesta Jobin.

— Ce n'est pas parce que Secatto est mort que les dettes de votre fils seront effacées. Ses successeurs vont tenir à récupérer l'argent qui est dû à l'organisation.

— L'Hydre de Lerne.

Pascal Jobin eut la satisfaction de lire l'ignorance dans les yeux des enquêteurs avant de leur expliquer qu'Hercule, dans le cadre de ses douze travaux, devait anéantir l'Hydre à neuf têtes des marais d'Argos. Mais chaque fois qu'il coupait une tête, deux autres repoussaient.

— Je suppose que c'est la même chose. Il y aura bien deux ou trois dauphins pour briguer la place de Secatto. C'est comme ça que ça marche dans ce genre d'organisation? Ce parrain a des associés ou des fils qui prendront la relève?

— On ignore qui va lui succéder, avoua Fournier.

— Mais on en entendra parler, l'assura Kirkland.

— Qu'est-ce qui se passera avec mon fils?

— On doit vérifier s'il a pu avoir un complice…

— Un complice? s'écria Jobin. Vous déraillez!

— On cherche, c'est tout.

Les enquêteurs quittèrent la clinique en maugréant contre la série de cambriolages à laquelle le vétérinaire avait fait allusion. Qui avait pu voler l'Euthanyl de la clinique de Québec, l'an dernier?

— Je suppose qu'on devra élargir le périmètre, soupira Fournier.

— Il nous reste combien d'invités à interroger?

— Veux-tu vraiment le savoir?

— D'après les rapports qu'on m'a remis, nos enquêteurs ont vu tous les invités, hommes ou femmes, qui sont restés après que Secatto fut allé se coucher. Sans rien apprendre de pertinent. Ils étaient tous trop ivres pour se rappeler quelque chose d'intéressant.

— Les hommes de Secatto postés comme gardiens n'ont rien dit non plus. Mais, évidemment, ça ne nous étonne pas…

— Il faut que ce soit quelqu'un qui était près du Mammouth. Quelqu'un qui est resté dans la maison afin de pouvoir l'étouffer. Rafaele a aidé Secatto à monter l'escalier avec un des gardiens vers deux heures du matin. C'est la dernière fois qu'on l'a vu vivant.

— Dans la maison, quand les invités sont partis, il ne restait que Rafaele, Emilia, Secatto et trois employés. Les proches ont souvent de très bonnes raisons de faire disparaître un mari, un père. L'héritage sera considérable…

— Peut-être une alliance? Emilia l'empoisonne, Rafaele finit le boulot…

— Qui se serait procuré l'Euthanyl? Ils ont tous eu l'air vraiment surpris lorsqu'on leur a posé des questions sur leurs animaux domestiques.

— On peut supposer que Rafaele a des contacts pour se fournir en *dope*.

— Mais, dans ce cas-là, pourquoi choisir l'Euthanyl? Pourquoi pas de la digitaline qui nous aurait fait croire à une crise cardiaque? Ou de la morphine? Je ne m'explique pas ce choix…

Fournier poussa un long soupir avant de rappeler qu'il pouvait y avoir un traître parmi les hommes de Secatto. Payé par l'ennemi.

— Quelqu'un a pu trafiquer le système d'alarme. Il pouvait être sur place, faire semblant de partir, mais rester dans les parages. Ou se cacher dans la maison. Elle est immense.

— On sait que Tony Vitale a mis un contrat sur la tête de Secatto. Son fils a pu retourner un des hommes du Mammouth. Les Vitale avaient besoin de quelqu'un de proche de Secatto. Mais Michaël Arpin et Rafaele Secatto ne plaisantaient pas avec la sécurité. Ça ne devait pas être si facile que ça d'approcher le gros. Ou alors, il aurait fallu l'exécuter lors d'un de ses déplacements.

— J'ai parlé à tous les sbires de Secatto présents au carnaval. Toi aussi. As-tu obtenu quelque chose?

Mark Kirkland secoua la tête : les conversations monosyllabiques qu'il avait eues avec les membres de l'équipe de Secatto n'avaient pas été inspirantes.

— De l'Euthanyl, reprit Fournier. Du poison… Ce sont surtout les femmes qui utilisent cette méthode.

— Sa fille est rentrée à cinq heures du matin, le chauffeur de la limousine nous l'a confirmé. Tu l'imagines aller réveiller son père pour qu'il boive un petit jus d'orange avant de l'étouffer?

Kirkland haussa les épaules. Non. Pas davantage qu'Emilia.

— Mais pourtant, elles sont les héritières. Enfin, on le suppose. Si le notaire peut revenir de Venise.

— C'est une drôle de coïncidence que le notaire soit en vacances dans la ville natale de Secatto.

— Il y avait peut-être un intérêt particulier. J'ai déjà demandé qu'on contrôle tout ça.

— On va brasser la cage chez les Secatto.

— Il faut voir aussi ce qui se passe du côté de Marco Vitale…

— Et revoir les invités. Il faut bien que quelqu'un ait apporté ce poison! Admettons que Secatto ait été empoisonné avant d'aller se coucher par une première personne, puis étouffé par une seconde…

— Mais qui se serait allié à qui?

— On a l'embarras du choix.

— Et du côté de Carte Noire? On devra les revoir, eux aussi… C'est sûr que toute la vaisselle a été lavée depuis longtemps, on ne trouvera aucune trace d'Euthanyl…

Mark Kirkland esquissa une moue.

— Quoi?

— On va essayer d'être discrets. Guido Botterini était déjà découragé que Secatto soit mort après le souper qu'il avait préparé. Quand il saura qu'il a été empoisonné…

— Ce ne sera pas une très bonne publicité pour Carte Noire.

— Et ce serait dommage. Je sais que Botterini est un chef remarquable. Il ne faudrait pas qu'il soit une victime collatérale de ce meurtre.

Fournier se caressa le menton là où il avait porté un bouc durant plusieurs années. Il l'avait récemment rasé pour plaire à Josiane et le regrettait.

— Je te rappelle que Botterini était vraiment nerveux quand on l'a rencontré.

— À sa place, je l'aurais été, allégua Kirkland. Il a préparé le dernier repas de Secatto… Lui aussi, il a des concurrents. Et ils se réjouiront de ses déboires.

— On ignore dans quelle mesure Botterini était conscient du statut de Secatto. L'a-t-il accueilli en sachant qu'il faisait partie de la mafia?

— Ça changerait quoi? Aurait-il eu le choix? plaida Kirkland. Une marge de manœuvre?

— On retournera tout de même chez Carte Noire. Je veux revoir la liste de tous les employés qui ont travaillé au carnaval. Il y a peut-être un mouton noir dans le lot.

— Acheté par les Vitale? Je ne les vois pas utiliser du poison…

— Il y a tout de même quelqu'un qui s'en est servi. Et quand on fait le tour de ceux qui détestent Secatto, le nom des Vitale demeure en première position.

— Tu penses toujours qu'ils ont fait disparaître DVD?

— Oui, en représailles du meurtre de Rignatti. Mais ce n'était pas assez, ils voulaient la tête de Secatto.

— Il faut convaincre nos patrons qu'on a besoin de plus de monde pour enquêter.

— En attendant, les gars nous attendent pour le *briefing*, dit Fournier en ouvrant la portière de la voiture. Mets la sirène.

Montréal, 14 août 2014

Louise observait le Dr Jobin tandis qu'il s'assoyait devant elle, fixait les verres de scotch qu'elle leur avait servis, les mignardises qu'elle avait déposées devant eux. Ils étaient seuls chez Carte Noire. Elle avait éteint la plupart des lampes. On entendait le ronronnement des réfrigérateurs et de la ventilation dans le silence de la nuit.

— Nous sommes allés en Écosse avec Simon-Olivier, fit-il en prenant une des pâtisseries. Et à Londres, il mangeait des scones tous les après-midi. Il adorait ça! Il avait douze ans. Notre dernier beau voyage avec lui. Ensuite, il a changé…

— C'était un adolescent difficile? demanda-t-elle, espérant que le Dr Jobin n'allait pas évoquer toutes les étapes de la vie de son fils.

— Pire que ça. On a vu des spécialistes, on a cherché à comprendre, on a essayé des thérapies pour l'aider à canaliser sa colère. Mais Simon-Olivier est enragé en permanence. Il dit qu'il n'arrive à se défouler qu'en jouant. C'est un joueur compulsif. Mon fils a des dettes de jeu, des fréquentations inquiétantes.

— À quel point? demanda Louise.

— Il a emprunté à des mafieux et il est maintenant plongé jusqu'au cou dans les ennuis.

— Qui deviennent aussi les vôtres… C'est ce que vous vouliez me dire?

Elle se tut, espérant que le vétérinaire avait d'autres éléments à lui fournir.

Il but une gorgée de scotch avant de croiser les mains, les décroiser.

— Mark Kirkland et un autre agent de la SQ sont venus me voir pour m'apprendre que Secatto a été empoisonné à l'Euthanyl.

197

— À l'Euthanyl? répéta Louise.

Enfin, le Dr Jobin lui livrait une information pertinente!

— Oui, c'est un produit qu'on utilise pour les euthanasies.

— C'est tout ce qu'ils ont trouvé? fit-elle en songeant à la prochaine visite des enquêteurs chez Carte Noire.

Elle s'y attendait, s'était préparée. Elle devait maintenant répéter un scénario avec Guido. Il serait soulagé d'apprendre que l'indigestion fatale de Secatto n'était pas directement reliée au banquet du carnaval, mais il devrait comprendre qu'il n'était pas du tout tiré d'affaire.

— C'est bien assez! s'écria Jobin. Ils veulent un coupable, mais mon fils n'a rien à voir avec le meurtre de Secatto! Je... Je ne sais plus quoi faire. Mark Kirkland soupçonne Simon-Olivier d'avoir volé de l'Euthanyl à la clinique.

— Ils n'ont aucune preuve, affirma-t-elle.

Il était tard et elle avait hâte de rentrer chez elle. Le Dr Jobin, lui, ferait bien mieux d'aller assurer la garde de nuit auprès des itinérants, comme il le faisait deux fois par mois, plutôt que de se torturer pour Simon-Olivier. Les bêtises de son fils le détournaient de sa mission.

— Je n'ai plus aussi confiance en Kirkland, confia le Dr Jobin.

Louise se retint de lever les yeux au ciel: il était plus que temps! D'un geste de la tête, elle l'invita à poursuivre.

— Je pense que Kirkland n'est pas aussi intelligent qu'il en a l'air. Imaginer que mon fils puisse être un meurtrier est vraiment idiot!

Louise but à son tour une gorgée de scotch, s'imprégna de l'arôme de cuir, de tourbe, solide, bien ancrée dans la terre. Quand pourrait-on enfin commencer à penser à la création des menus d'automne? Retrouver la bonne vieille routine? Enterrer définitivement Alberto Secatto et Violette Cartier?

— Vous ne m'avez pas dit pourquoi l'enquêteur Fortunato s'est intéressé à vous.

— À cause d'un malentendu. Une simple coïncidence.

Louise livra au Dr Jobin une version édulcorée de l'enquête qui avait mené l'année précédente Frank Fortunato et Marie-Josée Bélanger à débarquer chez Carte Noire à plusieurs reprises. Le Dr Jobin but une gorgée avant de murmurer qu'ils étaient des otages de cette situation.

— Je me suis réjoui bêtement de la mort de Secatto. Elle ne règle rien, elle complique tout. Vous êtes coincée avec Fortunato et moi avec les hommes de la SQ. Et j'ai peur pour mon fils. Il m'a dit que Rafaele est un tueur, un psychopathe.

— Un psychopathe?

Louise, qui pensait qu'on accolait un peu trop facilement cette étiquette à n'importe quel assassin, esquissa une moue.

— Je vous le jure! martela Jobin. Il aurait déjà exécuté plusieurs personnes… Vous l'avez vu au banquet. Peut-il croire que, parce que mon fils a des dettes, il ait voulu tuer son oncle? Voudra-t-il se venger?

— Comment votre fils aurait-il approché Secatto? Il n'était pas au carnaval. J'y étais et je ne l'ai pas vu. Et j'y suis restée jusqu'à deux heures du matin.

— Kirkland dit que Simon-Olivier a quitté le casino vers cette heure-là. Qu'il est ensuite allé luncher et qu'on a perdu sa trace.

— Les enquêteurs de la SQ vous manipulent. C'est facile pour eux. Vous ne connaissez rien à cet univers. Ils ne peuvent pas accuser votre fils, ils n'ont aucune preuve. Rentrez chez vous ou allez soigner des animaux, selon vos habitudes. Ne changez pas votre routine et prévenez-moi si Pelletier se manifeste. Ou si les types de la SQ vous reparlent.

— Ou Rafaele Secatto?

— Il n'ira certainement pas cogner à votre porte ni à celle de Simon-Olivier. Ce n'est surtout pas le moment pour lui de se faire remarquer par les enquêteurs. Ils n'ont pas fini d'interroger tous les invités présents au banquet. Sans l'Euthanyl, Kirkland et son collègue ne seraient pas passés à votre clinique. Pas si rapidement.

Le Dr Jobin termina son scotch avant de hocher la tête : il avait eu raison de venir voir Louise Desbiens.

— Merci, vous me rassurez un peu.

— Habituellement, c'est l'inverse. Vous savez à quel point je suis angoissée quand un de mes chats est malade. Vous êtes toujours là pour moi. Et maintenant, rentrons chez nous.

— Je peux vous raccompagner ?

— Merci, j'ai ma voiture. Souvent, je marche pour me rendre ici, mais comme il y avait un orage…

La pluie avait cessé, mais les flaques d'eau comblant les nids-de-poule témoignaient de la vigueur des précipitations.

— Pourquoi les chats veulent-ils toujours boire dans les flaques alors qu'ils ont un beau bol d'eau propre à la maison ? demanda Louise. J'ai eu deux chats qui s'obstinaient à bouder leur bol… C'est à cause de l'odeur de chlore de l'eau du robinet ?

— Probablement plutôt à cause de leurs moustaches. Ils n'aiment pas qu'elles frottent contre les parois du bol. Elles doivent servir à leur transmettre des signaux instructifs, pas à les agacer.

Louise fit quelques pas avec le vétérinaire, lui répéta qu'elle le rappellerait et se dirigea vers sa voiture. La lumière des lampadaires teintait les flaques d'argent et on aurait dit que la chaussée était parsemée de lunes. Elle aurait bien du mal à expliquer à Saphir qu'il ne pouvait pas sortir la nuit car, comme lui, elle aimait ces heures où elle pouvait enfin goûter un peu de silence. Un peu de paix. Elle fut tentée d'abandonner sa voiture et de rentrer chez elle à pied : marcher lui permettait souvent de clarifier ses pensées. L'envie de serrer plus vite ses chats dans ses bras l'emporta et elle déverrouilla la portière de l'auto.

* * *

Il était minuit quarante-deux quand Louise arriva chez elle. Il lui fallut moins de dix secondes pour deviner qu'il s'était passé quelque chose à l'appartement en son absence : Freya ne l'attendait pas à la place habituelle sur le dossier du canapé et Saphir et Merlin ne vinrent pas l'accueillir comme ils le faisaient toujours. Elle s'immobilisa, le cœur battant, se demandant si elle devait allumer ou non. Elle n'eut pas à se décider, la lumière jaillit dans le salon.

Où était assis Rafaele Secatto. Qui tenait Freya contre sa cuisse droite. Et contre sa cuisse gauche, une arme à feu.

— Qu'est-ce que vous faites avec ma chatte ?

— Elle est charmante. Plus toute jeune, non ?

Il observait Louise qui semblait retenir sa respiration.

— Laissez-la, murmura-t-elle alors qu'elle aurait voulu crier, mais elle craignait d'effrayer les chats.

À son étonnement, Rafaele ouvrit les bras et Freya s'étira lentement avant de se laisser tomber au sol, ronronnant en allant rejoindre Louise. Qui vit tout de suite, à sa démarche détendue, que l'intrus ne l'avait pas malmenée. Mais que faisait-il chez elle ? À cette heure-ci ?

Comme s'il avait lu dans ses pensées, Rafaele s'expliqua.

— Vos clients sont restés tard ce soir… Je vous attends depuis un bout de temps. Des nouveaux ?

Louise hocha la tête.

201

— Ils veulent voir le chef qui a servi le dernier repas d'un des parrains de Montréal, ajouta-t-il d'une voix où perçait l'ironie.

— Vous savez tout.

— Non, justement, la contredit Rafaele. Mais je sais que vous connaissez le Dr Jobin à qui Georges Pelletier a rendu visite, quelques jours après avoir déposé un rat mort chez Carte Noire.

— C'est ce que je disais, vous savez tout.

Le ton neutre de Louise confirma l'impression de Rafaele : cette femme pouvait tout gérer. Un banquet de cent personnes, des dizaines d'employés, des invités imprévisibles. Et ses émotions. Il avait lu la panique dans son regard lorsqu'elle l'avait vu serrer sa chatte, mais elle avait retrouvé son sang-froid dès qu'elle l'avait récupérée.

— Je ne m'explique pas votre présence ici. À cette heure.

— Je cherche des réponses. Parce que les enquêteurs me posent beaucoup de questions depuis la mort de mon oncle.

— Et vous avez envie de leur donner satisfaction ?

Louise déposa Freya à sa place de prédilection avant d'interroger Rafaele.

— Me permettez-vous de nourrir les chats ?

— Je vous accompagne. Même si je ne pense pas que vous en profitiez pour appeler la police. L'enquêteur Fortunato a frémi quand je lui ai dit que c'est vous et Guido Botterini qui avez organisé le banquet. Il a noté le nom de votre restaurant pour m'égarer, mais j'ai vu sa réaction. Il semble bien vous connaître.

Elle haussa les épaules.

— Vous, connaissiez-vous bien votre oncle ? Et lui, vous connaissait-il ?

Elle se permit de fixer un instant Rafaele, qui soutint son regard tandis que les miaulements des chats lui évitaient de

202

répondre. Elle ouvrit une armoire, sortit une boîte de thon qu'elle partagea dans les trois bols.

— Ils ont l'air d'apprécier.

— C'est la seule chose qu'ils aiment tous les trois. Ils ont chacun leurs petits caprices.

— Et les poissons? C'est pour bientôt? J'ai vu le livre que vous venez d'acheter sur les aquariums d'eau de mer.

— Je ne suis pas encore décidée. C'est délicat, la salinité, la température. Mais j'aimerais tellement avoir des hippocampes. Ils sont si gracieux!

— J'en élève, confia Rafaele.

— Vraiment? s'étonna Louise en scrutant le visage de Rafaele avec attention.

Inventait-il ce fait parce qu'il avait vu le livre ou possédait-il réellement des hippocampes? Qui était cet homme?

— Sont-ils aussi fragiles que je le crois? demanda-t-elle.

Devait-elle tenter de s'emparer d'un couteau pour se défendre ou menacer Rafaele? Si c'était vrai qu'il avait déjà tué plusieurs personnes... Étaient-ils à égalité?

— Savez-vous qu'on peut distinguer très tôt les mâles des femelles? Dès qu'ils mesurent un centimètre, le profil plus carré de la femelle se dessine.

— Vous vous êtes toujours passionné pour les chevaux de mer?

— J'en avais déjà à Venise.

— Toute votre famille est là-bas?

— Ce qu'il en reste. Ma mère, ma sœur. Mon père est mort.

— Et maintenant, votre oncle.

— Il a été empoisonné, dit Rafaele en guettant la réaction de Louise.

Celle-ci demeura impassible, surveillant Saphir qui lorgnait, comme toujours, la gamelle de Freya. Elle se pencha pour le prendre afin que la chatte puisse terminer son repas en paix, mais Rafaele la devança et le souleva par la peau du cou. Interdit, Saphir poussa un cri rauque. Louise tendit les bras pour l'arracher à Rafaele, mais l'homme recula, s'éloigna vers le salon.

— J'ai vu le vétérinaire entrer chez Carte Noire. J'avais d'abord pensé vous rencontrer là-bas.

— Et alors? Lui et moi nous connaissons depuis longtemps.

Rafaele secoua la tête et recommanda à Louise de changer d'attitude. Sinon Saphir regretterait son manque de collaboration.

— Que voulait le Dr Jobin?

— Me parler de l'Euthanyl trouvé à l'autopsie de votre oncle. La SQ l'a interrogé. Comme elle interrogera tous les vétérinaires.

— Mais elle est allée chez lui en premier lieu.

— À cause de Georges Pelletier qui fait partie de votre organisation, d'après le Dr Jobin. Je ne comprends toujours pas pourquoi il a déposé ce rat mort sur notre paillasson. Votre oncle appréciait notre restaurant. Qu'est-ce que Pelletier est venu faire chez nous? Il a proposé sa protection à Guido, avant le carnaval. Mais on ne l'a pas revu depuis. Je suppose que les allers-retours de la SQ et du SPVM ont calmé momentanément son envie de nous racketter.

— Il a fait du zèle. Mon oncle lui a seulement demandé d'effrayer un peu le chef afin qu'il se mette sous sa protection.

— C'est charmant, persifla Louise.

— Pelletier en fait toujours trop. Pour impressionner son patron. Je ne sais pas pourquoi Arpin l'a gardé dans l'organisation. Parce qu'il gère à peu près correctement l'agence de voyages, j'imagine. Mais dans ce cas-ci, il a pris des initiatives. Comme vous… Qui vous a demandé d'empoisonner mon oncle? Je me rappelle vous avoir vu lui tendre un verre de grappa pour porter un toast à Sissi. Vous saviez qu'il ne pourrait le refuser. Il a commencé à être étourdi et nauséeux quelques minutes plus tard. Vous travaillez pour les Vitale?

Louise eut un signe de déni.

— Je n'ai jamais entendu parler des Vitale.

— Pour qui travaillez-vous? répéta Rafaele.

— Pour personne. J'ai repensé moi aussi à cette soirée. Vous aviez le loisir d'empoisonner votre oncle. Vous l'avez raccompagné à sa chambre. Vous y êtes même retourné avec un verre d'eau.

Rafaele se redressa subitement, souleva Saphir comme s'il envisageait de le lancer de toutes ses forces contre le mur.

— Je compte jusqu'à cinq. Un, deux, trois…

— Arrêtez! s'écria Louise. C'est moi qui ai mis de l'Euthanyl dans le verre.

— Pour le compte de qui? Pourquoi?

— Pour Zeus et Hadès d'abord. Et puis pour Carte Noire.

La stupéfaction de Rafaele était telle qu'il relâcha sa prise sur Saphir, qui courut vers le fond de la pièce.

— Zeus et Hadès, les chiens de mon oncle?

— Il les a abattus alors qu'il pouvait les confier à sa voisine, à la campagne, lorsqu'il s'absentait. Elle le lui avait offert après s'être plainte qu'ils jappaient toute la journée parce qu'ils s'ennuyaient. Mais votre oncle a préféré tuer ses bêtes, exercer son contrôle. L'histoire du rat et le racket ont fait déborder le vase. Je ne veux pas de cette clientèle chez Carte Noire. Cela ne peut nous attirer que des ennuis. Les mafieux intéressent depuis toujours les policiers. Je ne souhaite pas que le restaurant se transforme en quartier général. Pour qui que ce soit. Je veux la paix !

Rafaele dévisageait Louise en comprenant qu'elle lui disait réellement la vérité. Était-elle folle ? Elle avait empoisonné un des parrains de Montréal à cause de deux chiens ? Il éclata de rire. D'incrédulité, de nervosité. De soulagement. Louise était un électron libre, comme lui.

— Je comprends mieux maintenant, convint-il en se reprenant.

— Vous aussi, vous le détestiez, fit-elle. Quand vous êtes passé à la cuisine après être allé voir votre oncle, vous vous souvenez ? J'ai remarqué une tache sur la manche de votre chemise. Du même vert que le nougat aux pistaches. Du nougat avalé trop vite, puis vomi. Votre oncle a vomi en votre présence, mais vous vous êtes bien gardé d'avertir quelqu'un pour lui venir en aide. Vous êtes redescendu auprès des invités et, alors que vous ne buvez jamais, vous avez avalé d'un trait un verre de champagne. Vous sembliez nerveux…

— Vous mentez.

— Les images des derniers instants de votre oncle vous ont-elles troublé ? Oui ? Non ? Peu importe. Qui croira-t-on : vous ou moi ?

— Vous aviez la possibilité d'empoisonner Secatto, asséna Rafaele. Et vous étiez coincée avec le racket de Pelletier qui travaille pour lui.

Elle parcourut le salon d'un coup d'œil afin de vérifier où étaient les chats. Comment allait tourner cette visite nocturne ? Elle avait avoué son crime, mais elle était persuadée que ce n'était pas l'envie de venger son oncle qui avait amené Rafaele chez elle. Alors quoi ?

— Vous aviez plus d'occasions que moi et les enquêteurs considéreront que, en tant qu'héritier, vous aviez de bonnes raisons de vouloir tuer votre oncle. Parce que vous désiriez occuper sa place au sein de votre organisation ?

Il y eut un silence, puis Rafaele hocha la tête.

— Vos arguments tiennent la route.

— Oui, et j'ai bien peur que les enquêteurs aient déjà tiré ces conclusions.

— À moins que je leur parle de vous, fit Rafaele. Fortunato serait sûrement ravi d'entendre ce que j'ai à lui dire. Même si je vous approuve d'avoir vengé les chiens, je dois lancer les policiers sur d'autres pistes.

Sans quitter des yeux la main droite de Rafaele, tout près du revolver, Louise se dirigea vers le bar, saisit une bouteille de cognac et deux verres qu'elle déposa sur la table du salon. Elle versa le liquide ambré dans un premier verre et s'apprêtait à remplir le second lorsque Rafaele se pencha vers elle pour l'arrêter.

— Je ne bois pas.

— Ça vous éclaircira les idées. Nous devons réfléchir. L'idéal serait que nous n'ayons ni un ni l'autre des ennuis avec la justice. Je crois comprendre que vous n'étiez peut-être pas le neveu aimant qu'Emilia et Alberto imaginaient. Vous avez mentionné tantôt « ses » hommes en parlant des types qui travaillaient pour lui.

— Au lieu de dire « nos » hommes ?

Rafaele se leva à son tour, s'approcha de la fenêtre. Il éprouva soudain une furieuse envie de retourner à Venise. Il n'avait plus rien à faire à Montréal. Mais les enquêteurs ne le laisseraient pas repartir si vite. Il ne pouvait même pas envisager de quitter le Québec, ils y verraient une fuite, la preuve qu'il était mêlé à la mort de son oncle.

Il allait se reprocher une nouvelle fois de n'avoir pas su attendre des actions plus musclées des Vitale, une vraie guerre qui aurait entraîné l'assassinat de Secatto. Quand il se rappela qu'il serait mort de toute manière puisque Louise l'avait empoisonné avant qu'il l'étouffe. Il éprouva un étrange sentiment de gratitude envers elle.

— Je pense qu'il y a des gens qui méritent plus que nous d'avoir des ennuis avec la justice, énonça-t-il à haute voix. J'ai l'embarras du choix, avec tous ces pourris autour de moi.

— Moi, je sais parfaitement qui doit disparaître. Mais dites-moi, votre oncle était-il mort quand vous êtes retourné dans la chambre? À cause de ses vomissures?

Rafaele haussa les épaules. Quelle importance? C'était le résultat qui comptait.

— Je craignais de ne pas avoir mis la bonne quantité.

— Où vous êtes-vous procuré de l'Euthanyl?

Le visage de Louise se durcit aussitôt en pensant à Violette. Elle raconta comment elle avait subtilisé la fiole de poison dans son sac puis l'avait remise à sa place après le bal. Et ce qu'elle avait découvert dans le congélateur.

— Cette folle a tué ces chats! C'est sur sa piste qu'il faut lancer les enquêteurs. Elle était au carnaval, elle est infirmière. Elle a souvent déménagé. Ce n'est peut-être pas sans raison. Si ça se trouve, elle a aussi tué ses patients. Les policiers devraient dénicher le flacon d'Euthanyl dans sa trousse. Là où je l'ai remis.

— Mais pour quel motif s'en serait-elle prise à cette ordure?

— Peu importe. Pour le moment, l'important est de donner un os à ronger à tout le monde.

Le ton acerbe de Rafaele avait étonné Louise. Pourquoi détestait-il autant Alberto Secatto?

— Il a fait assassiner mon père. Le 9 août 2007. Parce qu'il était honnête et ne voulait pas tremper dans ses magouilles.

— Je pensais que vous faisiez partie de l'entreprise familiale. Que vous n'hésitiez pas à vous servir de votre arme.

— Ça ne me dérange pas de débarrasser le monde de toute cette vermine, admit-il. Qu'il s'agisse d'un Secatto, d'un Vitale, d'un Rignatti, de n'importe quelle ordure, mais je ne tuerais jamais un innocent.

— Vous n'aurez jamais fini de nettoyer…

— J'en suis conscient. Je ne peux pas faire de miracles.

— Ce que je regrette, confia Louise, c'est qu'il n'ait pas su pourquoi je l'ai empoisonné. Je ne sais même pas s'il a souffert avant de mourir.

— Il avait vomi partout et suffoquait quand je suis retourné dans la chambre.

Rafaele échangea un sourire avec Louise avant de revenir à Frank Fortunato.

— S'obstinera-t-il vraiment à vous relier au meurtre? À part le fait que vous étiez sur place, il n'a pas de preuves.

Louise résuma les motifs de l'intérêt de Fortunato pour elle.

— L'an dernier, le juge Ellis, un habitué de Carte Noire, est mort noyé dans sa piscine. Fortunato est persuadé que j'y étais pour quelque chose. Mais, heureusement pour moi, je n'avais aucun intérêt dans la disparition du juge. Fortunato et Bélanger, sa partenaire, ont été obligés de classer l'affaire. Il aimerait bien briller, cette fois-ci, me coincer. Mais si la piste de Violette est prometteuse, il m'oubliera vite et…

Elle s'interrompit, écarquillant les yeux de surprise: Merlin venait de sauter sur le canapé et boulangeait la cuisse gauche de Rafaele en fermant les yeux de bonheur.

— Il ne tardera pas à baver, prévint-elle.

— J'adore les chats.

Comme s'il ne voulait pas être en reste, Saphir s'approcha de Louise et imita Merlin. Un concert de ronronnements ajouta une dernière touche surréaliste à la scène.

— L'idéal, dit Rafaele, serait de donner satisfaction à la SQ comme au SPVM.

— Je lance Fortunato sur la piste de Violette Cartier. Et vous aiguillez Kirkland sur celle de Pelletier ou d'un autre pourri que personne ne regrettera. Si on trouve de l'Euthanyl chez elle et chez lui, ça distraira tout le monde.

— Chez Pelletier?

— Je suis persuadée que le Dr Jobin acceptera de nous fournir ce précieux produit si votre organisation oublie les dettes de son fils. Et son existence. Et moi, j'apprécierais que Carte Noire ne soit pas victime de racket...

Rafaele Secatto gratta le cou de Merlin avant de répondre que ce plan lui plaisait mais qu'il devait être honnête.

— Je vais rentrer bientôt à Venise. Je m'entendrai avec Michaël Arpin pour effacer les dettes du fils Jobin et le racket chez vous, mais je ne peux garantir l'avenir. Les Vitale réagiront. Le ménage est loin d'être fini. Dites-moi, comment ferez-vous pour attirer l'attention de Fortunato sur Violette?

— Une lettre anonyme toute bête à Frank Fortunato fera l'affaire. Ce vieux truc a souvent fait ses preuves: notre fin limier se jettera dessus.

— Ses motifs pour assassiner mon oncle demeurent bien faibles...

— J'écrirai une lettre vraiment inspirée. Et, de toute façon, Fortunato n'aura jamais l'occasion de discuter avec elle. Pas question que cette femme ait un procès, qu'on la déclare folle et qu'on l'envoie dans un institut d'où elle ressortira dans trois ou quatre ans pour recommencer à massacrer des animaux. J'aurais besoin d'une arme pour être plus persuasive...

— Sans numéro de série, je suppose?

— Je vous la rendrai. Je ne saurais qu'en faire, après...

Rafaele déplaça avec délicatesse Merlin qui protesta un peu, glissa le revolver dans sa ceinture. En passant devant la table où se trouvait le livre sur les aquariums d'eau de mer, il le tapota légèrement.

— Lisez-le pour en savoir plus. C'est assez complexe, mais tellement fascinant. Si vous le voulez, je vous donnerai mon aquarium, avec Giulietta et Romeo, quand je quitterai Montréal.

— Giulietta et Romeo?

Rafaele écarta ses doigts pour lui indiquer la taille de son couple d'hippocampes. Précisa qu'ils avaient déjà eu deux portées mais qu'il n'avait réussi à sauver qu'un seul des rejetons.

— Peut-être que vous aurez plus de chance que moi.

Louise le raccompagna jusqu'à la porte d'entrée en jurant qu'elle ferait tout son possible pour prendre soin de ces étranges créatures.

— Ils nous ressemblent, ils aiment la tranquillité. Toute cette histoire doit se régler rapidement. Parce que si je ne me trompe pas, la nouvelle de l'empoisonnement sortira sous peu dans les médias. Nous n'aurons peut-être plus les coudées aussi franches que nous le souhaiterions.

Louise hocha la tête avant de refermer la porte derrière son visiteur. Elle décida qu'elle pouvait se fier aux chats, qui avaient adopté Rafaele. Et puis, il n'était pas dans l'intérêt de celui-ci de la trahir. Elle se coucha avec le bouquin sur les créatures de la mer en espérant parvenir à se détendre, mais l'image des chats morts dans le congélateur la poursuivait.

Heureusement, Rafaele avait promis de lui trouver un revolver. Il semblait vraiment s'y connaître en armes à feu. C'était dommage qu'il reparte en Italie…

— Qu'est-ce que tu as de nouveau? demanda Marie-Josée Bélanger à Frank Fortunato. Elle avait cessé d'agiter une cuillère dans sa tasse à café et dévisageait son ancien partenaire.

— Je t'ai dit que Louise Desbiens et Guido Botterini sont à nouveau mêlés à une histoire de meurtre?

— Tu penses à celui de Secatto? Tu n'as toujours pas de preuve.

— Je sais. Mais Guido Botterini fréquente une femme qui est infirmière. Et j'ai reçu une lettre anonyme, disant que Violette Cartier n'est pas celle qu'on croit. Que c'est une meurtrière.

— Qui a pu t'envoyer cette...

Bélanger se tut une fraction de seconde, ferma les yeux pour réfléchir. Violette Cartier. Ce nom ne lui était pas inconnu.

— J'ai déjà entendu ce nom-là, j'en suis sûre. Violette, ce n'est pas commun. Mais dans quel contexte?

— Cette Violette était sur la liste des invités chez Secatto. Je l'ai interrogée comme tous les autres employés de Carte Noire. Elle n'avait rien de spécial à raconter.

— On va faire une petite recherche, dit Marie-Josée. Je vais vérifier si j'ai quelque chose sur elle au bureau. Attends! Elle est infirmière?

Fortunato hocha la tête, plein d'espoir.

— Il y a une jeune femme qui est venue se plaindre d'un vol de bijoux il y a quelques semaines. Elle prétendait que c'était l'infirmière de sa grand-mère qui les avait dérobés. Mais elle n'avait aucune preuve... Il faut que je relise ce dossier.

— Je t'accompagne au poste.

Il se dirigeait déjà vers la sortie. Était-il possible que le vent tourne enfin en sa faveur? Que cette Violette soit impliquée dans le meurtre de Secatto? Avait-elle agi pour rendre service à Guido? Par amour? Il sourit à son ancienne partenaire en ouvrant la portière de la voiture. Quand elle avait été mutée, ils en avaient été tous les deux navrés, mais aujourd'hui, le destin semblait vouloir se faire pardonner de les avoir séparés…

Montréal, 18 août 2014

Louise commençait à se demander si Violette Cartier viendrait au rendez-vous qu'elle lui avait fixé au parc, quand elle reconnut sa silhouette au coin de la rue. Elle fit un signe de tête à Rafaele qui sortit de l'Econoline, ouvrit la portière et remonta à l'intérieur où il attendit l'arrivée de Louise et de sa proie. Il les entendit échanger quelques paroles, comprit que Violette avait suivi Louise sans la moindre hésitation. Il sentit son parfum poudré lorsqu'elle s'approcha du véhicule.

— C'est Rafaele qui nous emmènera à l'agence, dit Louise en le présentant à Violette, qui s'immobilisa. Cela t'ennuie de monter à l'arrière? J'ai mal au cœur si je ne suis pas à la place du passager.

Elle écouta avec satisfaction glisser la portière, sachant qu'elle serait automatiquement verrouillée.

— Rafaele est italien comme Guido, reprit Louise. Il nous aidera à préparer la surprise pour Guido. Il ajoutera sa petite touche personnelle.

— Il me semble que je vous ai déjà vu, commença Violette. Mais oui! Au bal masqué!

— Exactement, répondit Rafaele en souriant. Vous étiez très jolie en fée Clochette.

— C'était une soirée extraordinaire, fit Louise qui percevait l'anxiété de Violette.

Il fallait la rassurer, la contrôler jusqu'à ce qu'ils arrivent à l'agence de voyages d'Alberto Secatto, où Rafaele avait donné rendez-vous à Georges Pelletier. Rafaele avait tout de suite pensé à cet endroit pour orienter les enquêteurs sur de fausses pistes, car le commerce était situé dans une rue animée le jour, mais très calme dès que les bureaux des environs se vidaient des travailleurs. Il avait simplement fallu désactiver les deux caméras de sécurité de l'agence.

— C'était magique, oui, dit Rafaele. Quel travail pour Guido! Il mérite bien ses vacances à Chicago. Quand Louise m'en a parlé, j'ai pensé que ce serait bien de vous préparer un itinéraire là-bas, où je connais le plus grand importateur de vins des États-Unis.

— Guido n'en reviendra pas que ce soit toi qui le lui présentes, renchérit Louise.

— Mais je ne suis jamais allée à Chicago, objecta Violette. Je parle un peu anglais mais…

— Mon ami parle français. Il vous accueillera comme des rois.

— Mais pourquoi doit-on passer à l'agence? questionna Violette dont les regards inquiets n'échappaient ni à Louise ni à Rafaele.

— Parce qu'on doit te remettre de nouveaux billets, modifier les dates…

— Mais on ne part pas avant des semaines, je ne…

— Tu n'es plus amoureuse de Guido? demanda Louise.

— Bien sûr que si! protesta Violette.

— Je pensais te faire plaisir en t'aidant à surprendre Guido. Au carnaval, tu n'as pas regretté d'avoir suivi mes conseils, non? Il était très heureux que tu sois là!

— On arrive dans quelques minutes, fit Rafaele.

Il interrogea Violette sur son travail. Il la félicita d'avoir la patience de s'occuper de personnes âgées. Lui-même se rappelait comme sa grand-mère était difficile à la fin de sa vie.

Louise se réjouit d'entendre Rafaele mener si aisément cette conversation. Il semblait très détendu.

— Nous y voilà, dit Rafaele en désignant les néons de l'agence. Je vais voir où je peux me garer.

Il parcourut toute la rue soi-disant pour repérer une place, mais surtout pour vérifier s'il n'y avait pas de voiture fantôme dans les environs. Le Suburban de Georges Pelletier était stationné à quelques mètres de l'agence. Bien. Très bien. Il adressa un signe de la tête à Louise qui cligna des paupières. Il lui tendit les clés, sortit du véhicule et referma la portière. Louise verrouilla les portes aussitôt et se tourna brusquement vers Violette en pointant sur elle un revolver muni d'un silencieux.

— Que… Qu'est-ce que tu fais?

— Tais-toi!

— Je… Je ne comprends pas…

— Penses-tu que je vais laisser Guido partir à Chicago avec toi?

Violette dévisagea Louise en cherchant à décoder son expression, puis elle s'écria.

— Tu es jalouse de moi! Tu ne peux pas me tuer pour ça! Louise! Ça ne fait même pas deux mois que je sors avec Guido. On peut…

— On ne peut rien du tout. Tais-toi et écoute-moi. Ce ne sera pas bien long. Tu es une meurtrière, mais tu ne feras plus jamais de victimes.

— Comment…

— Je suis allée chez toi. J'ai tout découvert.

— Tu n'avais pas le droit! Qui t'a permis de te mêler de mes affaires?

— Je ne prendrai certainement pas de gants blancs avec une meurtrière.

— Tu n'as pas connu Mlle Sansregret ni Mme Langelier! Mes pauvres patientes en avaient assez de la vie. Personne ne venait les voir. Mlle Sansregret n'avait pas d'enfant, Mme Langelier avait une petite-fille égoïste qui en voulait seulement à son argent. Si tu savais tout ce que j'ai fait pour elles, pour que leurs derniers moments soient doux. Je les ai libérées!

La voix aiguë de Violette trahissait l'agitation qui s'était emparée d'elle. Louise était estomaquée et la dévisageait avec stupeur. Mais qui était cette femme ? Qui se cachait derrière le masque innocent de la fée Clochette ? Avait-elle vraiment assassiné ses patientes ? Quel sort aurait-elle réservé à Guido ?

Louise plongea la main dans le coffre à gants et sortit les photos des chats qu'elle avait vus dans le congélateur de Violette. Elle n'aurait décidément aucun scrupule à la faire disparaître.

— Ça te rappelle quelque chose ? Il y en a eu combien en tout ?

Violette avait l'air hébétée en reconnaissant les animaux.

— Qu'est-ce que ça veut dire ?

— Tu en as tué beaucoup ?

— Pourquoi es-tu allée chez moi ? Personne n'a le droit d'entrer chez moi !

L'idée qu'on ait pénétré chez elle semblait choquer Violette au point de lui faire oublier l'arme braquée sur elle.

— Tu as peur qu'on découvre d'autres petits secrets ?

— Tu n'avais pas le droit d'entrer chez moi ! répéta Violette d'un ton hystérique.

— Tu vas me dénoncer à la police ?

— Tu ne comprends rien, je rends service aux malheureux. Tu ne peux pas m'empêcher de continuer à les aider, ils ont besoin de moi.

— Tu es folle !

Violette dévisagea Louise. Elle ne supportait pas qu'on lui dise qu'elle était folle ! Louise avait fait semblant d'être son amie et voilà qu'elle s'était introduite chez elle et qu'elle l'insultait ! Elle poussa un hurlement en tentant de saisir l'arme. Louise réussit à parer l'attaque en reculant, mais elle heurta le tableau de bord et échappa le revolver. Violette se glissa vers le siège avant pour le saisir. Louise l'attrapa par les cheveux, la repoussa et reprit l'arme, mais Violette se débattit tout en tentant de la lui enlever. Le coup partit, les prenant toutes deux par surprise.

Louise sentit un liquide chaud se répandre sur ses avant-bras, constata que c'était le sang de Violette Cartier. Celle-ci s'affala doucement sur le banc arrière, une étoile rouge se dessinant au niveau du cœur tandis que son regard interrogatif la fixait. Louise fut étonnée : c'était toujours aussi simple de tirer ?

Louise attendit quelques secondes, puis sortit du véhicule, inspira profondément avant d'adresser un signe de tête à Rafaele.

— C'est fini pour elle. Je reste ici ?

— Je ne serai pas long, promit Rafaele.

Il tentait de deviner si Louise était vraiment aussi peu bouleversée qu'elle le paraissait. Se ressemblaient-ils à ce point ? Il se dirigea vers l'agence de voyages, sonna et Georges Pelletier vint lui ouvrir quelques secondes plus tard. Ils s'avancèrent dans la pièce aux murs couverts d'images de croisières, de plages de sable blond et de glaciers.

Rafaele avait pris soin de porter un tee-shirt moulant afin que Pelletier voie tout de suite qu'il n'était pas armé.

— Je suis un peu en retard, mais j'ai fait maints détours avant d'arriver ici. Avec la mort de mon oncle, je ne serais pas surpris d'être suivi. Des agents de la SQ et du SPVM sont revenus deux fois à la maison. Ils nous tournent autour comme des vautours. On dirait qu'ils pensent qu'on est pour quelque chose dans ce décès.

— C'était écrit dans le journal qu'il est mort empoisonné. Dans un autre, qu'il a succombé à une crise cardiaque. Mais toi, tu as vu le corps...

— J'ai vu qu'il s'était étouffé en vomissant. Il avait mangé comme un ogre.

— Il ne s'appelait pas le Mammouth pour rien.

— Bon, c'est triste qu'il soit mort, déplora Rafaele, mais regarder en arrière ne sert à rien. Alberto ne voudrait pas qu'on se laisse aller. Il faut que tout continue à rouler. C'est pour cette raison que je t'ai demandé de venir ici ce soir. On doit discuter tous les deux.

— Discuter ? Déjà ?

Rafaele hocha la tête, sourit à Pelletier avant de s'essuyer le front avec le bas de son tee-shirt, révélant son ventre plat, et l'absence totale d'une arme.

— Tu n'aurais pas une bière à m'offrir ? Je meurs de soif. Ou un scotch.

Il savait qu'il y avait un réfrigérateur et un mini-bar dans l'agence.

— Il me semblait que tu ne buvais pas, dit Pelletier dont l'attitude était à la fois méfiante et craintive.

— Ça, c'était quand j'étais avec mon oncle. Je devais le protéger. Mais là, je n'ai plus personne à surveiller…

Pelletier lui fit signe de le suivre au fond du local, le fit asseoir dans un des deux fauteuils. Il ouvrit la porte du réfrigérateur pour prendre des glaçons, se tourna pour attraper la bouteille de Chivas et écarquilla les yeux en voyant une liasse de billets dans la main droite de Rafaele.

— Je veux que tu me prennes au sérieux quand je te dis qu'on va changer des choses. Mon oncle avait une manière de gérer sa *business*, j'aurai la mienne.

Pelletier fronça les sourcils. Qu'est-ce que ça signifiait ?

— Je me demande pourquoi il ne t'a pas aussi laissé t'occuper des bars. Tu végètes à l'agence de voyages, alors que tu peux faire tellement mieux. Qu'est-ce qu'il avait contre toi ? Je veux que tu aies la place que tu mérites.

Pelletier déposa les verres sur le bureau et, dans la seconde qui suivit, Rafaele lança la liasse de billets en faisant semblant de viser Pelletier mais en dirigeant plutôt son tir vers le fond de la pièce.

— Attrape !

Tandis que Pelletier se baissait pour récupérer la liasse, Rafaele l'assomma avec la bouteille, puis le frappa du revers de la main sur la tempe. Pelletier s'écroula. Rafaele saisit à nouveau la bouteille, le frappa à plusieurs reprises, tendit l'oreille pour percevoir son souffle, soupira en se redressant et remarqua le sang sur ses chaussures de sport. Il avait eu raison de mettre sa plus vieille paire. Même s'il les aimait bien, il saurait les sacrifier.

Il mit des gants, tira la fiole d'Euthanyl de sa poche, la glissa entre les mains de Pelletier en prenant soin d'imprimer ses empreintes et la déposa sur le bureau. Il essuya la bouteille de Chivas, mit le verre qu'il avait utilisé dans un sac plastique, puis il s'étira, sourit en se penchant vers le coffre-fort.

Il s'y attaqua avec entrain, se félicita en l'entendant cliqueter après quelques tentatives, en sentant la porte frémir sous ses doigts. Il y plaça la fiole d'Euthanyl après en avoir renversé quelques gouttes sur le bureau. Puis il referma le coffre, ramassa les billets et sortit de l'agence. Pendant qu'il s'occupait de Pelletier, Louise avait rapproché le véhicule de l'entrée et elle ouvrit la portière arrière.

— Phase deux réussie, fit Rafaele.

— Parfait. Tu la prends par la tête ? Je m'occupe des pieds.

Cinq minutes plus tard, le corps de Violette était posé en face de celui de Pelletier. Louise tendit le revolver à Rafaele, qui imprima les empreintes de Pelletier sur l'arme.

— Je vais chercher l'autre, dit Louise.

Elle s'éclipsa pour récupérer un deuxième pistolet resté dans le coffre à gants et l'apporta à Rafaele. Il le glissa dans sa ceinture, fit un dernier tour pour être certain de n'avoir rien oublié et entraîna Louise vers la sortie. Après avoir allumé un feu dans la poubelle derrière l'établissement, il regagna l'Econoline.

— De cette façon, nous sommes sûrs qu'un voisin donnera l'alerte, dit-il à Louise.

— On rentre.

— J'ai hâte de te montrer Giulietta et Romeo. Il m'a semblé ce matin que le profil du mâle s'est arrondi. Je ne les ai pas vus faire leur danse nuptiale, mais c'est possible que Giulietta lui ait donné ses œufs.

— Il incubera durant combien de temps?

— Ça dépend, entre deux et trois semaines. C'est une question de température, de salinité de l'eau.

— C'est vrai que les couples sont fidèles?

— Oui. Quand l'un meurt, l'autre demeure célibataire dans la plupart des cas.

— J'ai hâte de les voir.

Ils se turent ensuite jusqu'à ce qu'ils aient gagné le centre-ville où habitait Rafaele. La nuit était douce et, malgré les odeurs d'essence et de béton, ils décelèrent le parfum des grands lys blancs qui bordaient l'allée qui menait à l'immeuble où habitait le Vénitien.

Montréal, 25 août 2014

— Pousse-toi, Saphir, dit Louise. Et toi aussi, Merlin. Laissez-moi lire le journal en paix !

Les chats ronronnèrent en se roulant sur les pages, manquèrent de renverser la tasse de thé de leur maîtresse.

— Vous êtes impossibles, murmura-t-elle en tirant doucement le quotidien vers elle.

Elle l'emporta vers le salon après avoir saisi sa tasse de thé et but une gorgée avant de lire l'article qui l'intéressait.

Dans la nuit de lundi à mardi dernier, Georges Pelletier, bien connu des milieux policiers, a été trouvé sans vie dans une agence de voyages à côté du corps d'une jeune femme dont l'identité n'a pas encore été révélée. Ces meurtres pourraient être reliés au décès d'Alberto Secatto, pour qui Pelletier travaillait. Des sources sûres ont affirmé qu'il avait été engagé par des membres du clan Vitale qui désiraient voir disparaître Secatto, surnommé le Mammouth dans le milieu. Des preuves de sa complicité dans l'exécution auraient été découvertes à l'agence de voyages dont il était le gérant. Après la disparition de David D. Vernon et les exécutions de Rignatti, de Secatto et de Pelletier, il est plausible de penser qu'une nouvelle guerre a été déclarée entre familles rivales. Les enquêteurs se refusent à commenter les événements pour le moment, mais un point de presse est prévu pour demain 10 h.

— Tout va bien, confia Louise à Freya qui venait se lover contre elle. On va voir les hippocampes ?

Elle souleva la chatte et la posa sur son épaule avant de s'approcher de l'aquarium où Giulietta et Romeo s'acclimataient à leur nouvel environnement.

— Maintenant, il ne me reste plus qu'à espérer que le voyage à Chicago distraira Guido du choc qu'il a reçu, expliqua-t-elle à Freya. Heureusement qu'il n'y avait plus personne au restaurant quand Fortunato est passé nous apprendre la nouvelle…

Elle revoyait le visage blême de Guido lorsque l'enquêteur leur avait dit que Violette Cartier avait été assassinée et qu'on avait retrouvé son corps à l'agence de voyages gérée par Pelletier.

— Pour le moment, l'enquête suit son cours. Mais vous avez peut-être échappé au pire.

— Au pire ? avait bégayé Guido.

— Elle est soupçonnée de plusieurs meurtres. C'est pour cette raison que je vais devoir fouiller votre appartement. Pour être certain qu'elle n'y a pas laissé d'éléments suspects.

Fortunato n'avait livré que peu d'information, car lui-même avait appris la veille que de l'Euthanyl avait été trouvé chez Pelletier. Qui avait été aussi assassiné.

— Ce que je peux vous dire, c'est que, en fouillant dans le passé de cette infirmière, Bélanger et moi avons découvert que plusieurs de ses patients sont décédés au cours des dernières années.

— Les personnes âgées qu'elle visitait ? demanda Louise en feignant la surprise.

— On a obtenu un mandat de perquisition et on a trouvé des photos de ses victimes prises après leur mort, avec des mèches de leurs cheveux. Et un collier de perles qu'a formellement identifié la petite-fille de Rose Langelier.

Guido, en entendant ces révélations, s'était retenu au comptoir pour ne pas s'évanouir. Louise s'était efforcée d'avoir l'air troublée.

— Vous la connaissiez depuis longtemps ?

— Depuis le début de l'été…

— Où l'avez-vous rencontrée?

— C'est… C'est une cliente qui me l'a présentée, avait bafouillé Guido.

— Est-ce que vous l'avez vue boire avec Alberto Secatto au carnaval?

Même s'il n'y avait aucun indice d'un contact entre la jeune femme et un quelconque mafieux, Fortunato semblait croire que Violette avait pu empoisonner le Mammouth.

— Tout le monde a bu avec M. Secatto, avait commenté Louise. Il portait sans arrêt des toasts à la santé de sa fille.

Fortunato avait dû se contenter de cette réponse.

Louise lissa les oreilles de Freya en ajoutant qu'elle espérait que Fortunato les oublie enfin, elle et Guido.

— Rafaele m'a raconté qu'il y a beaucoup de chats à Venise qui font leur toilette dans les minuscules ruelles où s'égarent rarement les touristes. Sais-tu que les chats sont vénérés là-bas? Ils ont sauvé la ville de la peste en tuant les rats. Je suis heureuse pour lui qu'il retourne dans sa ville, après ces années d'absence, mais j'aimais bien discuter avec lui. C'était si naturel, on s'est tout de suite compris. L'exception qui confirme la règle, je suppose…

Elle plongea son visage dans la fourrure de la chatte qui était restée longtemps à la fenêtre et qui sentait le soleil, la paix retrouvée. Elle désigna Giulietta qui avait enroulé sa queue autour d'une plante.

— Elle est mignonne, tu ne trouves pas?

Freya cligna des yeux pour l'approuver: tant que Louise ne ramenait pas un autre chaton à la maison, tout irait pour le mieux.

REMERCIEMENTS

Je tiens à remercier Liette Mercier pour sa complicité aussi précieuse qu'amicale, ainsi que Judith Landry et toute l'équipe des Éditions de l'Homme où ma Louise est toujours si bien accueillie !

Je remercie également Lise Duquette à l'œil de lynx si avisé, Olivier Bernard pour son aide si précise, le Dr Vincent Beaudoin, vétérinaire attentif, et François Julien pour sa grande disponibilité et son amitié.

Merci aussi à l'agence Goodwin et, bien sûr, à Patrick Leimgruber qui est toujours là pour moi.

DANS LA MÊME SÉRIE :

Suivez-nous sur le Web

Consultez nos sites Internet et inscrivez-vous à l'infolettre pour rester informé en tout temps de nos publications et de nos concours en ligne. Et croisez aussi vos auteurs préférés et notre équipe sur nos blogues!

EDITIONS-HOMME.COM
EDITIONS-JOUR.COM
EDITIONS-PETITHOMME.COM
EDITIONS-LAGRIFFE.COM

Achevé d'imprimer au Canada par
Marquis Imprimeur inc.
sur papier Enviro 100% recyclé